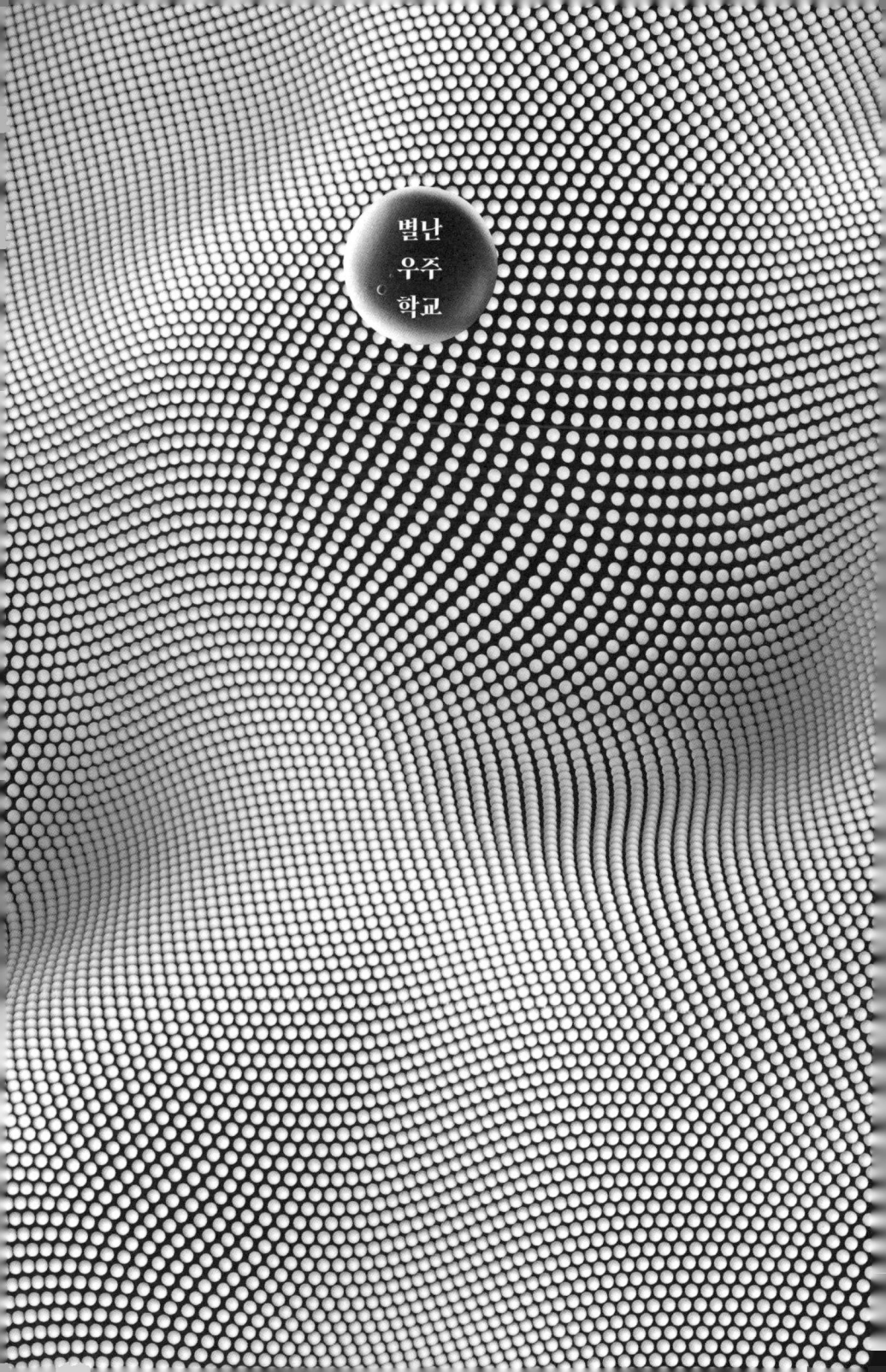

별난 우주 학교

초판 1쇄 2025년 9월 25일

글쓴이 | 김이환 정명섭 이지현
펴낸곳 | 도서출판 단비
펴낸이 | 김준연
편 집 | 최유정
디자인 | 김선미
등 록 | 2003년 3월 24일(제2012-000149호)
주 소 | 경기도 고양시 일산서구 고양대로 724-17, 304동 2503호(일산동, 산들마을)
전 화 | 02-322-0268
팩 스 | 02-322-0271
전자우편 | rainwelcome@hanmail.net

ISBN 979-11-6350-152-7   43810

값 13,000원

*이 책의 내용 일부를 재사용하려면 반드시 저작권자와 도서출판 단비의 동의를 받아야 합니다.

청소년
SF 소설
04

별난 우주 학교

김이환　정명섭　이지현

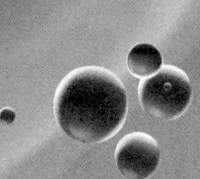

단비

차례

반성 없는 반성문
김이환⋯ 7

화성 학교의 괴물 소동
정명섭⋯ 47

유랑학교
이지현⋯ 87

반성 없는 반성문

김이환

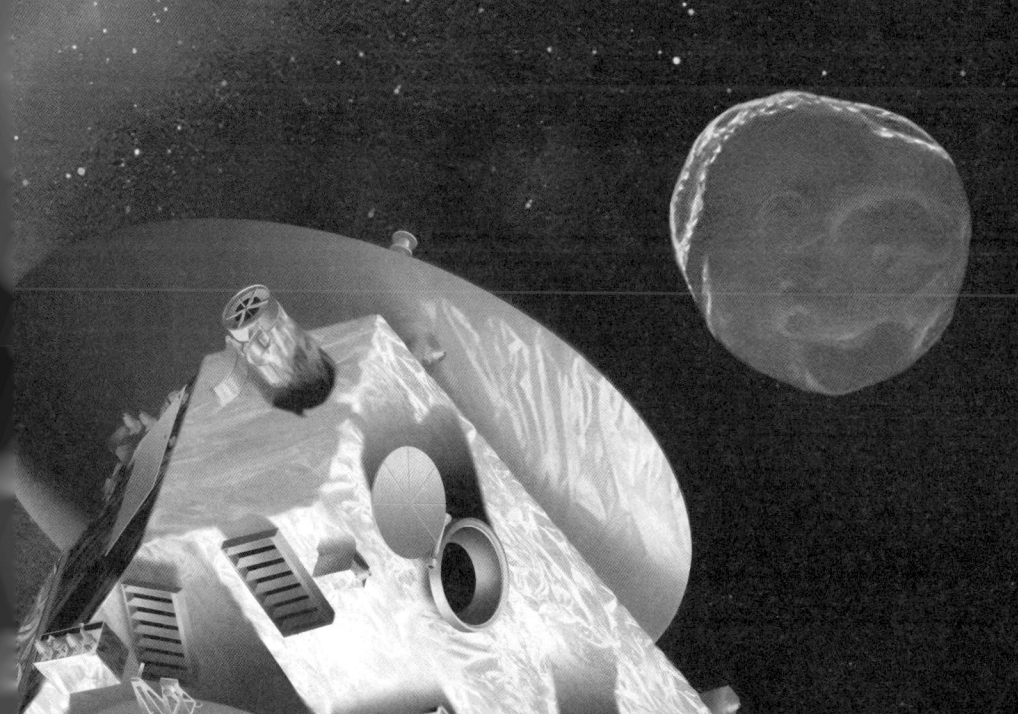

중학교 2학년 여자아이 지민이 사는 프라이캠툼 도시는, 지구 근방에 있는 500여 개 거대한 우주선 도시 중 하나였다. 인구가 15만으로 큰 편에 속했고 '법률의 도시'라는 별명으로도 유명했다. 프라이캠툼에는 태양계 전체에서 가장 중요한 법률 기관인 태양계 대법원이 있었고 법과 관련된 관공서도 많고 법률 회사도 많았다. 판사도 검사도 변호사도 많아서, 지민의 부모님도 두 분 모두 변호사였다. 도시에 재판받으러 오거나 법률을 상담하러 오는 많은 사람이 기차처럼 생긴 대중교통 우주선인 우주철을 타고 도착해 게이트에서 내렸고, 또 많은 사람이 우주철을 타고 다른 도시로 떠났다.

지금 지민이는 게이트 앞에서 손님을 기다리고 있었다. 친구 리나도 같이 마중 나오기로 했는데 약속 시간에 늦어서, 지민 혼자 멀거니 역 앞을 오가는 사람들을 바라보고 있었다. 지민은 중얼거렸다.

"어쩌면 좋지… 내가 왜 한다고 했을까… 그냥 가만히 있을걸… 어쩌면 좋을까…"

이게 모두 도서관 때문에 벌어진 일이었다. 지민이 다니는 프라이캠툼 중학교는 도서관이 없었다. 하기야 종이책을 갖춘 도서관이 드문 시대였다. 다들 오디오북을 듣거나 홀로그램북으로 책을 감상했지, 종이책을 읽는 사람은 거의 없었다. 지민은 학교에 종이책이 가득한 도서관을 만들고 싶어서 학교에 건의했고, 허가를 받아서 열심히 책을 모아서 도서관을 만드는 중이었다. 다른 학생들은 종이책 도서관을 만들고 싶다는 지민을 이상하다고 생각했지만, 지민한테는 학교에 당연히 종이책 도서관이 있어야 했다. 왜냐하면 지민은 플레이아데스 시티 출신이기 때문이었다.

플레이아데스 시티는 달 근방에 있는 궤도 우주선 도시였는데, 태양계에서 출간된 모든 책을 한 권씩 보관하는 플레이아데스 도서관이 있는 곳이었다. 전자책도 있었고 오디오북도 있지만 종이책이 가장 많았다. 도시 전체가 거대한 도서관과 다름없을 만큼 플레이아데스 도서관의 규모도 컸고, 도시에 있는 사람들은 다 도서관에서 일하는 사람들이었다. 다들 도서관에서 종이책을 읽었고, 종이책이 자연스러웠다.

그런데 중학생이 돼서 부모님을 따라 프라이캠툼 시티에 왔다가 학교에 도서관이 없다는 사실을 알았을 때 실망이 이만저만이 아니었다. 독서토론부는 있었다. 독서토론부에서 다른 아이들과 책을 읽어서 좋았지만, 종이책이 아닌 홀로그램책으로 읽는 점이 아쉬웠다. 그래서 방학 동안 직접 도서관을 만들기로 하고 학교에 신청한 것이다.

선생님도 학교에 도서관을 직접 만든다면 나중에 대학교 입시에 도움 될 거라고 허락해 줬다. 대학교에 제출할 에세이에 그 내용을 쓰면 좋을 거라고 하셨다. 지민은 혼자서 학교 빈 교실을 청소하고 책을 구해서 도서관을 채우기 시작했다. 친구 리나도 가끔 도왔다. 플레이아데스 도서관에 남는 책을 기증해 달라고 부탁하는 이메일을 보냈고, 지구와 다른 궤도 우주선 여러 도서관에도 책을 지원해 달라는 이메일을 보냈다. 플레이아데스에 사는 친구들한테도 연락해서 남는 종이책이 있으면 보내 달라고 부탁했다. 하지만 복잡한 문제가 또 있었다. 프라이캠툼 시티에는 금지 도서가 많다는 거였다…. 그 문제 때문에 오늘 손님이 찾아온 것이다.

잠시 후 친구 리나가 도착했다. 리나가 늦어서 미안하다면서 지민한테 말했다.

"오다가 악어처럼 생긴 외계인을 만나서 늦었어. 외계인이 싸우느라 시간이 오래 걸렸거든. 자꾸 이러면 가죽을 벗겨서 가방으로 만들어 버리겠다고 외계인한테 으름장을 놨더니 그제야 외계인이 도망갔어."

지민 친구인 리나도 다른 도시에서 전학 온 아이였다. 달 표면에 있는 이오칸 시티라는 곳에서 왔는데, 그곳 사람들은 유쾌하기로 유명했다. 이오칸 시티는 한때 먹을 게 없을 만큼 가난해서 사람들이 힘들게 지냈다. 그때 이오칸 시티 사람들은 힘들어도 우울하게 있지 말고 즐겁게 지내기로 하고, 유쾌한 농담을 하거나 허풍을 떨거나 거짓말로 장난을 쳐서 버텼다는 것이다. 지금 이오칸 시티는 달에서 가장 부유한 도시였지만 유쾌하게 지내는 문화는 여전히 남아 있었다. 그래서 이오칸 시티 사람들은 늘 농담하고 장난을 치고 허풍도 심했다. 리나도 이오칸 시티 출신답게 허풍이 심했다. 악어 외계인과 싸웠다니, 악어 외계인이 어디에 있나? 어린아이들도 믿지 않을 유치한 허풍이었는데, 지민은 리나가 늦어서 미안하다고 솔직히 말하기 민망해서 거짓말을 했으려니 했다.

십여 분을 더 기다린 끝에 기다리던 손님 루비가 나타났다. 지민과 리나처럼 중학교 2학년 여자아이인 루비는, 머리를 길게 기르고 검은색 옷을 입고 가슴에는 빨간 브로치를 달아 한껏 멋을 부린 옷차림이었다. 반짝거리는 검은색 에나멜 구두도 신고 있었다. 루비와 지민은 원래 친구는 아니었지만, 플레이아데스 시티 친구를 통해 건너 건너 소개받은 아이였다. 루비는 인사도 하지 않고 대뜸 이런 말부터 했다.

"우리는 서로의 문화를 존중해야 해. 처음 인류가 우주로 진출했을 때 다양한 환경에 적응하느라 어려움이 많았어. 궤도 우주선 도시들은 색다른 문화를 발전시켜서 새로운 환경에 적응했지. 우리 도시처럼 도서관을 만든 도시도 있고, 이오칸 시티처럼 가난해도

서로 즐겁게 지내자고 약속해서 어려움을 이겨 낸 도시도 있어. 프라이캠툼 시티는 법률을 발전시키고 도덕을 중시하는 문화를 통해 혼란을 극복했어. 그러니까 우리는 태양계 각 도시의 문화를 존중해야 해."

그것이 태양계의 수많은 도시가 서로 맺은 약속이었다. 인류가 다양한 환경에 진출하면서 문화도 달라졌으니 각자의 문화를 존중하기로 한 것이다. 그런데 루비가 선언하듯이 이렇게 말했다.

"하지만 우리는 그러지 않을 거야. 프라이캠툼 시티의 문화는 마음에 들지 않아. 교훈이 없는 이야기는 금지라니 그게 말이 돼? 자, 금지된 책을 읽으러 가자."

루비의 말에 지민과 리나는 신이 나서 손뼉을 쳤다.

그러니까 이렇게 된 일이었다.

프라이캠툼 시티는 도덕의 도시였다. 프라이캠툼 시티도 옛날에 살기 어려웠던 시절이 있었다. 그때 강력한 법을 만들고 시민들이 철저하게 법을 지켜서 위기를 넘겼고, 이후 법과 도덕을 중요하게 여기게 되었다. 문제는 법을 너무 중요하게 여긴다는 거였다. 그래서 프라이캠툼 시티에서는 법을 지켜야 한다는 교훈이 없는 이야기는 금지였다. 교훈이 없는 많은 책이 금지였고 영화도 드라마도 마찬가지였다. 도시는 하드리아누스라는 인공지능이 통제했는데, 사람들이 무슨 책을 읽고 영화와 드라마를 보는지 철저하게 감시했다. 책을 많이 읽는 지민이는 금지된 책이 많은 도시로 와서 기분이 좋지 않았다.

광장 한가운데 서서 반성문을 읽는 아저씨를 보면서 루비가 말했다.

"저게 벌이라는 거지?"

지민이는 그렇다고 설명했다. 금지된 책을 읽거나 영화나 드라마를 보다가 들키면 광장 한가운데서 반성문을 읽는 벌을 받았다. 지금 지민과 리나와 루비가 걸어가는 게이트 앞 광장이 바로 그 반성문을 읽는 장소였다. 세 사람은 반성문을 읽는 아저씨를 보고 잠시 멈춰서 지켜봤다. 아저씨는 영화 《전쟁과 평화》를 몰래 봤고 이를 반성하고 있다는 내용의 글을 읽으면서 부끄러움에 얼굴이 홍당무가 되어 있었다.

하드리아누스한테 적발되면 반성문을 쓰지 않을 수가 없었다. 반성문을 써서 읽을 때까지 하드리아누스가 핸드폰도 못 쓰고 돈도 못 쓰게 하기 때문이었다. 당장 물건을 살 수 없고 다른 사람과 연락도 못 하면 생활이 안 되니 어쩔 수가 없었다.

지민은 금지된 책을 읽으면 벌을 받는다는 사실을 처음 알았을 때 정말 놀랐다. 반성문을 쓰는 벌도 소름 끼치는데 그걸 공공장소에서 읽어야 한다는 말을 듣고 기겁했다. 그것도 다른 도시에서는 당연히 읽어도 되는 책을 읽어도 벌을 받는다니 싫었다. 금지 도서가 너무 많아서 화가 났다. 법을 잘 지키자는 교훈이 없을 뿐이지

훌륭한 작품이 많은 데도 금지라니 이해할 수 없었다. 플레이아데스 시티 친구들한테서 어렵게 책을 얻었는데 금지 도서라서 반입이 안 되는 경우가 많았다. 어떻게 해야 할지 고민이라고 플레이아데스에 사는 친구들한테 말했더니, 친구들이 루비한테 연락해 보라고 추천한 것이다. 그래서 지민이 루비한테 연락하고 루비가 도시에 찾아온 거였다. 루비가 말했다.

"하지만 금지니까 더 재밌겠지? 안 그래? 점심은 뭐 먹을까?"

일행은 반성문을 읽는 아저씨를 뒤로하고 다시 걷기 시작했다.

지민과 리나와 루비는 로봇이 서빙하는 햄버거 가게에 앉아 점심을 먹었다. 리나가 루비한테 신기하다는 듯이 물었다.

"네가 플레이아데스에서 가장 유명한 독서 클럽 회장이라면서?"

책을 많이 읽는 플레이아데스 시티 사람들답게 독서 클럽도 어린아이부터 어른까지 많은 모임이 있었다. 루비가 클럽 회장인 '비밀 독서 클럽'은 회원이 누군지도 비밀이고, 무슨 책을 읽는지도 비밀이고, 어디서 모여서 토론하는지도 비밀이었다. 중학생이 하는 독서 클럽인데도 도시에서 상당히 유명했는데, 아주 희귀한 책을 구해서 읽기 때문이었다. 가끔 읽었다는 책에 대한 소문이 돌았는데 대부분 유명한 작가의 발표되지 않은 작품이었다. 발표도 안 된 작품을 어떻게 구해서 읽는지는 몰랐지만, 아무튼 그래서 비밀독서 클럽이 유명했다.

루비는 대답했다.

"네가 이오칸 시티 출신이라고 들었어. 거기 소설가들 작품 특이해서 좋아해."

"이오칸 시티에서는 특이한 사람만 소설가가 될 수 있거든. 특이한 사람 자격증 시험을 봐서 합격해야 특이한 사람으로 인정받아. 자기가 얼마나 특이한지 써 내는 시험인데, 시험이 어려워. 나도 시험을 봤어. '나는 특이하다'는 문장만 반복해서 빽빽하게 써 냈는데 그 정도로는 어림도 없다고 떨어졌어."

지민은 리나의 허풍 때문에 난감한 기분이었지만, 루비는 전혀 신경 쓰지 않았다.

"자, 우리가 앞으로 할 일에 대해 의논해 보자. 일단 프라이캠툼 시티에 금지 도서는 반입이 안 되지?"

지민은 대답했다.

"응. 어떤 방법도 소용없어. 들어오는 우주선과 우주철은 인공지능 하드리아누스가 다 검사하기 때문에 책도 영화도 드라마도 다 금지야. 인터넷에서도 다 차단해."

"그럼 도시 사람들은 금지된 이야기를 아예 못 봐?"

"보고 싶으면 우주선을 타고 나가서 이웃 도시에서 보고 오면 돼. 가까운 도시는 우주철로 삼사십 분 정도면 가거든. 어쨌든 도시 안에서 볼 방법은 없어."

"책을 한 번에 들여오지 않고 나눠서 들여와도 들켜? 예를 들면 종이책을 한 장 한 장 따로따로 들여와서 합쳐도 안 돼?"

"응. 하드리아누스가 철저하게 검사해서 안 돼."

"그럼 인공지능이 사생활도 다 감시해? 우리가 하는 이런 대화도 다 들어?"

"그 정도는 아니야. 도시로 들어오는 우주선과 인터넷만 검사해."

루비는 잠시 생각하더니 말했다.

"도시 사람들은 금지된 이야기가 많은 점에 불만 없어?"

"많아. 도시 안에서는 못 보는 영화도 많고 드라마도 많으니까. 우주철 타고 나가서 이웃 도시 극장에서 영화 보고 오기도 귀찮고."

루비는 말했다.

"그럼 도서관으로 가자."

방학 중이어서 도서관에 들어가려면 학교 보안 시스템에 출입 허락을 맡아야 하지만 너무 늦게까지만 있지 않으면 얼마든지 오갈 수 있었다. 루비처럼 다른 학교 학생도 들어올 수 있었다. 지민이 직접 빈 교실을 청소하고 책장에 책을 정리해서 만든 도서관은 책이 백 권 정도 있었다. 거의 다 기증품이었고, 학교에서 받은 예산으로 구한 책도 있었다. 플레이아데스 도서관에 비교하면 초라했으나 그래도 직접 만들었으니까 지민은 도서관을 둘러볼 때마다 뿌듯했다.

루비가 책을 훑어보더니 물었다.

"헤밍웨이의 《노인과 바다》는 없는데, 금지 도서야?"

"《노인과 바다》는 법을 잘 지키자는 교훈이 없어서 금지야."

지민이 대답하자 루비가 물었다.

"교훈이 있는지 없는 이야기인지 판단은 인공지능이 해?"

"응."

"《노인과 바다》에는 '물고기를 열심히 잡자'라는 교훈이 있다고 우겨도 안 되는 거야?"

"하드리아누스가 판단해서 안 되는 건 안 돼."

루비가 책상에 앉아 가방을 내려놓고 말했다.

"그럼 《노인과 바다》부터 시작하자. 좋은 단편이니까. 누구나 읽어야 할 고전인데, 교훈이 없다면서 금지라니 말도 안 돼."

지민은 미리 준비한 종이와 펜을 꺼내서 주었다. 루비는 가방에서 금속으로 된 긴 장갑처럼 생긴 기계를 오른손에 끼워서 부착했다. 그리고 바로 종이에 글을 쓰기 시작했다. 전자동 기계 장갑은 루비가 생각하는 대로 저절로 움직여 글을 써 주는 기계였다. 전자동 기계 장갑이 빠르게 움직여서 글씨를 써 나가자, 리나가 신기해하면서 물었다.

"벌써 책을 직접 만드는 거야?"

금지된 도서를 들여올 수 없으면, 만들면 된다는 것이 지민의 생각이었다. 독서 클럽 아이들이 루비라는 아이가 있다고 말해 줬을 때 떠올린 생각이었다. 아이들이 하는 말이, 루비는 똑똑한 정도가 아니라 읽은 책을 정확히 기억한다고 했다. 문장 하나하나 다 기억하고, 그렇게 외우는 책이 수백 권이라는 것이다. 믿어지지 않았는데 정말이었다. 비밀독서 클럽이 유명한 또 다른 이유였다. 수백 권의 책을 외우는 아이가 하는 독서 클럽이니 사람들의 호기심을 끌었다.

그 말을 듣고 지민이 떠올린 방법이었다. 직접 책을 만들면 들키지 않고 프라이캠툼 시티 안으로 책을 들여올 수 있지 않을까? 그렇게 만든 책으로 도서관을 채우는 것이다. 물론 여전히 불법이고 들키면 반성문을 낭독해야 한다. 하지만 그래서라도 도서관에 좋은 책을 들여놓고 싶었다.

리나도 금지 도서를 들여오는 계획에 동의했는데 제대로 이해하고 동의했는지는 몰랐다. 워낙 엉뚱한 아이니까, 그냥 금지된 일을 하니까 재밌어서 하겠다고 한 것 같았다.

글을 많이 써도 팔이 아프지 않냐고 지민이 묻자 루비는 대답했다.

"기계가 쓰니까 팔은 아프지 않아."

"그냥 기계 혼자 쓰도록 하면 안 돼? 꼭 팔에 연결해야 해?"

"몸에 붙어 있어야 뇌에서 기계로 직접 뇌파가 전달돼. 기계가 따로 움직이면 바로 인터넷에 연결하거든. 그러면 인공지능에게 들키잖아."

글을 쓰는 루비를 지켜보던 리나가 물었다.

"《노인과 바다》는 무슨 내용이야?"

루비가 놀라서 되물었다.

"《노인과 바다》를 안 읽었다고? 헤밍웨이를? 중학생인데도 아직 《노인과 바다》를 안 읽었어?"

"응. 무슨 내용인데?"

리나는 평범하게 책을 안 읽는 아이였다. 지민이가 노인이 물고기를 잡는 이야기라고 설명하자, 리나는 정말 재미없을 것 같다고 지루해하는 표정으로 대답했다. 루비가 말했다.

"아니야, 재미있어. 노인이 물고기를 꼭 잡아야 하는데 못 잡으니까 잡을지 못 잡을지 궁금해져서 끝까지 읽게 돼."

그러자 정말로 리나가 궁금해했다.

"그래서 어떻게 돼? 물고기 잡아? 못 잡아?"

"궁금하면 책을 읽어."

루비의 대답을 듣고 리나는 한숨을 쉬더니 귀찮다고 말했다.

《노인과 바다》는 짧은 소설인 데다 기계 장갑이 워낙 빠르게 글을 써서 금방 다 썼다. 종이를 스테이플러로 찍어 묶고 첫 페이지에 '김지민 지음'이라고 썼다. 지민은 말했다.

"제목은 뭐라고 할까? '노인과 바다'라고 진짜 제목을 쓸 순 없으니까, 가짜 제목을 붙이려고 해. 약간만 바꿔서 '바다와 노인'이라고 할지 아니면 완전히 다른 제목을 붙일지 모르겠어."

그때 리나가 대뜸 참견했다.

"《늙은 낚시꾼과 물고기 황제의 눈물 나는 사투》라고 하면 어때?"

정말 대단한 제목이었다. 황당하면서도 원래의 제목과 비슷한 구석이 있었다. 원제와 다를수록 좋지만, 너무 동떨어진 제목이면 무슨 소설인지 아예 잊어버릴 위험도 있었다. 황당하게 제목을 고친다니 좋은 아이디어였다. 지민이 찬성하자 리나는 외쳤다.

"신난다!"

리나가 지은 황당한 제목을 표지에 쓰고 책장에 꽂았다. 김지민의 단편 소설 《늙은 낚시꾼과 물고기 황제의 눈물 나는 사투》는 도서관 신작 도서가 되었다. 드디어 금지 도서가 도서관에 들어왔구나… 지민이는 뿌듯한 마음과 무서운 마음이 동시에 들었다. 걸리면 반성문을 쓰겠지… 그래도 도서관에는 좋은 책이 있어야 한다는 마음에는 변함이 없었다.

지민은 말했다.

"교훈이 없다는 이유로 좋은 작품을 금지하다니 옳지 않아. 하지만 어른들이 만든 법인데 중학생이 어쩌겠어. 이렇게 몰래 할 수밖에 없지."

루비는 다음 소설은 뭐로 하면 좋겠냐고 물었다.

"도서관에 꼭 놓고 싶은 단편 소설 없어?"

"레이 브래드버리 난편 소실을 하고 싶어."

지민이 좋아하는 작가였고 단편이니까 편할 것 같았다. 루비는 잘 알았지만, 리나가 레이 브래드버리를 몰라서 지민이 설명했다.

"20세기 미국에서 활동한 SF 작가야. 좋은 단편을 많이 썼어. 내가 좋아하는 소설은 〈금빛 연, 은빛 바람〉이라는 단편이야. 20세기 지구에서 미국과 소비에트 연방이 핵무기 경쟁을 벌였는데, 그걸 은유한 단편이야. 아름다운 단편이고 재미있고 해서 읽었으면 해서. 알고 있다면…"

"알고 있어."

루비는 대답하더니 바로 쓰기 시작했다. 그렇게 한 권씩 짧은 책을 완성했다.

종일 글을 쓰고 나서 루비는 저녁에 플레이아데스 시티로 돌아갔다. 앞으로 사흘 동안 도서관에 와서 책을 쓰고 갈 예정이었다. 자주 왔으면 했지만, 루비도 학교 공부도 하고 책도 읽고 다른 독서 클럽도 해야 하니까 마냥 도서관에 와 달라고 할 수는 없었다. 사실 루비가 아무 대가도 받지 않았는데 시간을 내서 남의 도시까지 와서 책을 쓰고 가는 것부터가 이상한 일이었다. 리나가 왜 그렇게까지 우리 도서관을 도와주냐고 묻자, 루비가 대답했다.

"나는 잘못된 일은 참을 수가 없어."

교훈이 없다는 이유로 읽지 말아야 한다는 법이 멍청하고 황당해서 참을 수 없다고 했다. 학생은 좋은 책을 읽을 권리가 있다는 것이다. 그렇지 못한 지금 상황을 참을 수가 없다는 거였다. 리나가 루비한테 대단히 자신감 넘치는 대답이라고 평하자, 루비는 자신 있게 말했다.

"나는 가장 유명한 독서 클럽의 회장이니까."

그리고 며칠 동안 지민과 리나는 게이트로 루비를 마중 나가고, 루비가 도착하면 같이 학교 도서관에 오고, 루비가 책을 쓰고, 리나가 제목을 붙이고, 지민이 표지를 만들어서 도서관에 책을 한 권씩 늘렸다. 그리고 남은 시간에는 프라이캠툼 시티를 다니면서 놀았다. 놀이 시설이 많은 도시는 아니었지만, 루비는 재밌어했다. 같이 점심이나 저녁을 먹으면서 책 이야기도 많이 했다. 루비는 정말 안 읽은 책이 없고 모르는 작가가 없었다.

첫째 날과 둘째 날에 헤밍웨이의 《노인과 바다》, 브래드버리의 《금빛 연, 은빛 바람》, 생텍쥐페리의 《어린 왕자》를 써서 책으로 만들었다. 《금빛 연, 은빛 바람》은 '연과 바람이 싸우면 누가 이기나', 생텍쥐페리의 《어린 왕자》는 '내가 우주 최고의 왕자다'로 정해서 표지도 따로 만들었다.

그런데 셋째 날에 예상치 못한 일이 벌어졌다. 도서관에 낯선 여자아이가 찾아온 것이다.

"저… 나는 2학년 1반 김률아인데… 종이책을 읽을 수 있다고 해서 왔어…"

아는 아이는 아니었다. 프라이캠툼 중학교는 학생이 많아서 지민도 모르는 아이가 많았다. 낯선 이이가 방학에 굳이 도서관에 찾아올 줄은 몰랐기 때문에 지민도 어리둥절해서 물었다.

"무슨 책을 보고 싶은데?"

"그게… 책 제목이… 《늙은 낚시꾼과 물고기 황제의 눈물 나는 사투》라고…"

그때 리나와 루비가 늦게 도서관에 도착했다. 률아를 알아본 리나가 지민과 루비에게 률아를 소개했다. 둘은 친한 친구였다.

"내 무술 학원에 같이 다니는 친구야. 우리는 같이 지구의 무술을 배우고 있어. 쿵후, 태권도, 가라테를 마스터하고 최근에는 권투를 연습 중인데…"

"아니, 같이 기계 체조 학원에 다니고 있어."

리나와 함께 체조를 배우는 친구 률아가 리나에게 소개받고 도서관에 온 것이다. 리나가 《노인과 바다》를 재밌게 읽었다고 률아한테 말했는데, 률아도 내용이 궁금해서 왔다고 했다.

"할아버지가 물고기를 잡는지 못 잡는지 궁금했는데, 리나가 직접 읽으라고 했거든."

루비는 리나와 률아의 말을 듣더니 걱정했다. 만약 전화 통화로 말했다면 하드리아누스도 들었을 수 있었다. 다행히 두 사람은 학원에서 체조 연습하면서 말했고 전화나 인터넷을 통해서는 말하진 않았다. 그리고 루비는 미리 지민과 자신한테 말했어야지 이제야 말하면 어떡하냐고도 했다. 리나는 대답했다.

"미안해, 앞으론 안 할게. 그 대신 조건이 있었는데 률아가 조건을 들어준다고 했거든. 그래서 허락했어."

리나가 말하자 률아가 가방에서 종이책을 꺼내서, 지민은 깜짝 놀랐다.

"리나가 종이책을 가져오면 도서관에서 책을 빌려주겠다고 했어. 그래서 집에 있는 책을 기증하려고 가져왔어."

률아가 가지고 온 책은 엘리너 파전의 《서쪽 숲》이었다. 지민이 좋아하는 작가의 책이었다. 좋아하는 책을 도서관에 놓을 수 있다니 정말 기뻤다. 《서쪽 숲》은 금지 도서도 아니었기 때문에 더 좋았다.

루비는 책을 펼쳐보더니 말했다.

"엘리너 파전 동화 중에는 《일곱째 공주》를 제일 좋아하는데 《일곱째 공주》는 금지 도서니?"

지민이 엘리너 파전 동화는 《서쪽 숲》만 금지 도서가 아니라고 말하자 루비가 차라리 잘 됐다고 고개를 끄덕였다.

"오늘은 《일곱째 공주》부터 시작해야겠다."

금지 도서를 어떻게 들여왔는지 률아한테도 보여 줄 차례였다. 루비가 전자동 기계 장갑을 끼고 글을 쓰자 률아는 깜짝 놀랐다.

"저런 방법이 있었다니."

리나는 《일곱째 공주》 책을 보더니 무슨 내용인지 궁금해했다. 왕이 일곱 명의 공주 중에 가장 긴 머리를 가진 공주에게 나라를 물려주기로 하고 머리카락 길이를 재는 내용이라고 지민이 말해 줬다.

"그래서 일곱 공주 중 누구 머리가 제일 길어?"

"직접 읽어 봐."

리나가 앉아서 동화를 읽기 시작했다. 률아는 도서관에 어떤 책이 있는지 둘러보더니 무척 기뻐하면서 물었다.

"내 친구도 데리고 와도 돼? 서율이라는 아이인데 책을 좋아해. 지금까지 홀로그램책으로만 읽었고 종이책은 읽어 본 적 없을 거야. 오면 좋아할 것 같아."

"종이책을 구해 오면 된다고 해."

리나가 조건을 걸었고, 루비도 전화나 인터넷으로 말하면 안 되고 반드시 직접 말하라고 당부했다. 그래서 다음 날 률아가 서율이를 데리고 왔다. 지민이는 잘 모르는 남자아이였고, 리나는 몇 번 본 것 같다고 했다. 서율은 말했다.

"도서관을 만들고 있는 줄 몰랐어. 알았으면 왔을 텐데. 나는 그림책을 좋아해. 만화도 좋고 그래픽 노블도 좋고 그림이 있는 동화책도 좋고."

서율이 안네 프랑크의 《안네의 일기》 종이책을 가져와서, 지민은 책을 도서관에 추가했다. 그래서 종이책이 한 권 더 늘었다. 서율은 《어린 왕자》에 리나가 지은 제목 《내가 바로 우주 최고의 왕자다》가 붙어 있는 모습을 보고는 어안이 벙벙해져서 말했다.

"생텍쥐페리가 봤으면 뭐라고 했을까…"

루비가 그림을 그리진 못해서 삽화가 없어서 아쉬웠지만 그래도 아쉬운 대로 읽었다. 서율은 말했다

"그림을 상상하면서 《어린 왕자》를 읽다니 그야말로 상자 속의

양을 상상하는 것과 똑같구나."

서율도 《어린 왕자》가 금서라는 건 정말 말도 안 된다고 말했다. 《어린 왕자》에도 나름 교훈이 있는데 왜 금서인지 모르겠다고도 말했다.

"술을 지나치게 많이 마시면 안 된다는 교훈이 있잖아."

옆에서 듣던 리나가 물었다.

"《어린 왕자》가 술을 마시는 내용이야?"

지민은 대답했다.

"아니, 우주를 여행하던 어린 왕자가 주정뱅이가 사는 별에 가는데… 그 다음은 직접 읽어 봐."

서율은 다음 날 친구를 셋이나 데리고 왔다. 현, 하원, 예준이라는 이름의 아이들이었다. 넷은 같이 축구를 배운다고 했다. 서율이 도서관에서 책 읽은 일을 말했더니 금지 도서라는 말에 흥미가 생겨서 왔다고 했다. 셋 다 종이책은 없어서 가지고 오지 못했다. 셋은 지민도 아는 아이였는데, 지민은 수학을 잘해서 3학년 수학 수업을 듣는데 그 수업에 같이 있는 아이들이었다. 공부하고 축구 하느라 시간이 없을 텐데 책에도 관심을 가지고 도서관까지 찾아오다니 지민 입장에서는 기쁜 일이었다. 하지만 실망할까 봐 걱정도 들었다.

"혹시 금지 도서가 있다고 해서 와 본 거야? 금지 도서라고 해서 재밌는 책인 건 아니야. 더 지루한 책도 많아."

"종이책이 많이 있는 도서관을 본 적 없어서 궁금해서 왔어."

남자아이 셋은 이런저런 책을 훑어보고 지민이 만든 이상한 제목을 보고 한참 웃었다. 셋은 같이 《어린 왕자》를 읽기도 했다. 책을 읽고 난 감상은 셋이 다 달랐다. 하원은 그냥 동화 같다고 했고, 현이는 솔직히 잘 모르겠다고 대답했다. 예준은 장미 한 송이가 뭐가 대수인데 왕자가 여행까지 떠났는지 모르겠다고 말했다.

서율은 예준과 의견이 달랐다.

"왕자가 장미에 마음을 쏟고 있으니까 다른 평범한 장미와는 다르다는 거잖아."

"하지만 왕자가 자기 자신을 더 생각해야 할 것 같아. 꼭 뱀에 물려서까지 별로 돌아가려고 할 필요는 없잖아."

예준은 왕자가 답답하다면서 말했다.

그동안 루비는 프란츠 카프카의 《변신》을 썼는데, 책 한 권을 어떻게 다 외울 수 있냐면서 신기해했다. 다들 《변신》은 읽은 적 없었고, 지민도 이전에 읽긴 했는데 좀 어려웠다고 기억에 남아 있는 소설이었다.

루비가 어떤 내용인지 설명했다.

"평범한 남자가 자고 일어났더니 벌레가 되어 있었다는 내용이야."

"그래서 어떻게 돼?" 리나가 물었다.

"왜 벌레가 된 거야?" 서율이 물었다.

"사람이 어떻게 벌레가 될 수 있어?" 현이 물었다.

"그래서 다시 사람이 돼?" 하원이 물었다.

아이들이 한꺼번에 묻는 바람에 정신없을 것 같았는데 루비는 당황하지 않고 말했다.

"왜 벌레가 됐는지 이유도 나오지 않고 딱히 결말이랄 것도 없는 소설이거든. 궁금하면 직접 읽어 봐."

루비의 대답을 듣고 리나가 실망해서 말했다.

"왜 벌레가 되는지 확실하게 밝히고 끝냈으면 좋겠는데."

아이들은 둘러앉아서 《변신》을 읽고 각자 느낀 점을 말했다. 예준은 글이 재미있지만 무섭기도 했다고 했다. 공포 소설 느낌이 난다는 것이다. 하원은 결말이 없는 것이 문제라고 주장했다. 왜 벌레가 됐는지 밝히고 끝나지 않는 건 문제라는 것이다. 현은 반대로 세상에는 왜 일어났는지 모르는 이상한 일이 간혹 일어나니까 그걸 말하려고 한 걸지도 모른다고 말했다. 률아는 주인공이 벌레로 변했어도 가족이 잘 받아들였다면 행복하게 살 수 있었을 텐데 그러지 못해서 아쉽다고 말했다. 리나는 솔직히 내용을 이해 못했다고 털어놓았다. 대신 제목은 '자고 일어났더니 벌레가 됐다니, 이제 어쩌면 좋지?'로 바꾸면 어떠냐고 의견을 내서, 그 제목으로 책을 만들었다.

조용했던 도서관에 아이들이 많이 모이니 시끌벅적하고 즐거웠다. 루비가 쓰는 동안 옆에서 구경도 하고, 잠시 운동장에 나가서 놀다가 들어오기도 하고, 게임도 하고, 책에 무슨 제목을 지을지 의논도 했다. 리나처럼 특이한 아이디어를 내는 아이는 없어서 결국 리나 의견을 따랐다.

지민은 신이 나서 말했다.

"아예 독서 클럽을 만들면 어때? 오늘《어린 왕자》와《변신》을 읽고 서로 의견을 말했듯이 앞으로도 계속 모여서 하자. 날을 정해서 모여서 같이 책을 읽고 토론하는 거야. 재밌겠지?"

다들 좋은 의견이라고 찬성해서 지민은 무척 기뻤다.

"이름은 '금지된 독서 클럽'으로 하자."

지민이 말했다. 금지된 독서 클럽은 지민을 클럽장으로 하고 시간을 정해서 같이 책도 읽고 놀기로 했다.

마지막 날이었다. 그동안 루비는 오헨리의《마지막 잎새》, 오스카 와일드의《행복한 왕자》, 루쉰의《아큐정전》을 썼다. 아이들이 각자 책을 읽고 있는데 현이와 하원이가 서율에게 전화를 걸었다. 오늘은 조금 늦을 것 같다는 연락이었다. 도서관에서 무슨 소설을 읽고 토론하기로 했는지를 하원이 물어서, 서율이 지민에게 물었을 때였다.

"오늘 읽기로 한 책이 뭐였지?"

그때 지민이《마지막 잎새》라고 무심코 대답했다. 제목을 말하면 안 된다는 걸 깨닫고 얼른 입을 다물고 서율도 급하게 전화를 끊었지만, 이미 늦은 다음이었다.

지민은 걱정 때문에 머릿속에 아무 생각도 들지 않았다.

"가짜 제목을 말했어야 했는데… 내가 왜 그랬지? 하드리아누스가 들었을까? 사소한 대화까지 다 감시하진 않을 텐데… 그래도 들었겠지? 어쩌면 좋지…"

지민이 통화 중에 말한 건 아니었다. 통화하던 서율한테 옆에서 말해 준 것뿐이니까. 하지만 통화 내용에 들어갔다면 하드리아누스도 들었을 것 같았다. 지민은 자신이 그런 실수를 했다니 믿어지질 않았다. 하드리아누스한테 들키면 금지된 독서 클럽은 없어질 것이다. 리나는 너무 걱정하지 말라고 지민을 달랬다. 늦게 도착한 현과 하원이도, 전화 통화로 지민의 목소리가 거의 들리지 않았다며 별일 없을 거라고 말했다.

그런데 잠시 후 로봇 경찰이 학교에 찾아왔다. 창밖을 내다보던 리나가 놀라서 소리쳤다.

"운동장에 로봇 경찰이 있어!"

커다란 덩치에 경찰 제복을 입고 험상궂은 얼굴을 한 로봇 경찰이 운동장을 가로질러서 오고 있었다. 로봇 경찰이 평소에 학교에 올 일이 없으니 당연히 도서관 때문에 왔을 것이다. 다들 겁에 질려서 어쩌면 좋을지 몰라 우왕좌왕하는데, 리나가 침착하게 말했다.

"도망치면 수상해 보일 거야. 조용히 앉아서 책 읽고 토론 중인

것처럼 위장하자.”

그래서 다들 테이블을 가운데 놓고 둥그렇게 둘러앉아서 책을 읽는 척하고 있었다. 잠시 후 로봇 경찰이 도서관에 들어왔다.

“학생 여러분 안녕하세요? 잠시 실례하겠습니다. 물어볼 게 있어서 찾아왔어요.”

아이들은 속으로는 떨렸지만 무섭지 않은 척 태연히 앉아서 눈빛만 주고받았다.

“학생 여러분은 여름 방학을 잘 보내고 있나요? 방학에도 도서관에서 책을 읽다니 성실한 학생들이군요. 프라이캠툼 시티는 교훈이 없는 이야기는 금지라는 것 아시죠? 금지 도서는 읽으면 안 됩니다. 간혹 책을 좋아하는 분들이 몰래 금지 도서를 반입해서 읽는 경우가 있는데, 그러면 안 됩니다.”

“누가 그런 바보짓을 해요?”

리나가 당당하게 대답해서 지민은 그 천연덕스러움에 놀랐다. 리나가 저런 배짱이 있었다니. 로봇 경찰은 리나의 말에 고개를 끄덕였다.

“맞아요. 준법정신이 뛰어난 도시 프라이캠툼의 정체성을 지키려면 학생 여러분도 법을 잘 지켜야 합니다. 금지 도서를 읽고 싶으면 다른 도시에 가서 읽어도 되고요. 우주철을 타고 삼사십 분이면 얼마든지 다른 도시로 갈 수 있으니까요. 안 그래요, 학생 여러분?”

아이들은 네, 하고 기운 없는 목소리로 대답했다. 로봇 경찰은 도서관을 둘러보더니 책상 위에 놓인 책을 가리켰다.

"《내가 우주 최고의 왕자다》라는 소설을 읽고 있었나 보군요? 처음 듣는 소설인데, 작가가 누군가요?"

"저요."

지민은 대답했다. 작가가 '김지민'으로 되어 있으니 그렇게 대답할 수밖에 없었다. 로봇 경찰이 물었다.

"어떤 내용인지 말해 주시겠어요?"

"안 돼요."

"왜요?"

로봇 경찰이 되물었을 때, 지민은 간신히 변명을 생각해 냈다.

"그게… 제가 쓴 글을… 다른 사람한테 말해 주기 부끄러워서…"

"사실은 금지 소설을 몰래 읽고 있었다거나 한 건 아니죠?"

아이들이 절대로 아니라고 하자 로봇 경찰이 내용을 말해 달라고 다시 부탁했다. 어쩔 수 없이 지민은 더듬더듬 말했다.

"그게… 자기가 우주 최고의 왕자라고 믿는… 왕자가 있는데… 그런데…"

"왕자는 자기가 진짜 우주 최고의 왕자인지 확인하려고 우주를 다니면서 모험해요."

머뭇거리는 지민을 대신해서, 리나가 제목에 맞는 황당한 내용을 창작하기 시작했다.

"왕자가 화산에 떨어졌다가 살아나고, 외계인 악당과 싸우기도 하고, 바닷속에서 보물도 찾아요. 그리고 자기가 우주 최고의 공주라고 믿고 있는 공주를 만나요. 공주와 왕자는 누가 우주 최고인지를 걸고 결투해요. 그러다가 사랑에 빠지지만 둘은 자존심 때문에 자신의 진실한 감정을 인정하지 못해서 엇갈린 로맨스가 펼쳐지는데…"

조용히 듣던 로봇 경찰이 말했다.

"쓴 사람은 지민 학생인데 리나 학생이 이야기를 더 잘 아시네요?"

"저는 정말 재밌었거든요."

리나는 끝까지 천연덕스럽게 말했다. 로봇 경찰은 몇 분 더 도서관을 둘러본 후 나갔다. 다들 로봇 경찰이 도서관에서 멀어지기를 기다리면서 말없이 앉아 있다가, 리나가 제일 먼저 입을 열어 루비한테 말했다.

"바로 집으로 가. 지금은 무사히 넘어갔지만, 곧 들킬 거야. 그랬다간 너도 반성문 써야 하니까, 바로 게이트에 가서 우주철을 타고 집으로 돌아가는 편이 좋을 것 같아."

루비도 알았다고 말했다. 그래서 다 같이 게이트로 가는 루비를 마중했다. 아이들이 막 학교 건물을 나섰을 때, 로봇 경찰이 다른 로봇 경찰을 데리고 학교로 다시 들어가는 모습을 보았다.

"정말 들켰구나."

지민은 우울한 마음이었다. 도서관에 있는 금지 도서를 들키면 다들 반성문을 써야 할 것이다. 자기 때문에 이런 일이 벌어졌다는 생각이 들어 기분이 우울했다. 다른 아이들 역시 모두 복잡한 마음이었다.

게이트에 도착했을 때 다들 루비한테 만나서 반가웠고 그동안 재밌었다고 한 명씩 작별 인사를 했다. 굳이 도시를 찾아와서 책을 써 주고 가는, 안 해도 되는 고생을 했으니까. 힘든 일 시켜서 미안하다고도 사과했다. 루비는 다시 없을 특별한 경험을 해서 즐거웠고 새로 친구도 사귀어서 기뻤다고 말했다. 다들 반성문을 어떻게 써야 할지 부모님한테는 뭐라고 말해야 할지 걱정 때문에 침울한 표정이었지만, 리나 혼자 신이 나서 말했다.

"반성문이야 뭐 금방 쓰겠지. 다들 너무 심각하게 생각하는 것 같아. 그동안 재밌었잖아. 방학에 같이 모여서 놀기도 하고 말이야. 반성문 쓰는 게 뭐 대수라고. 그 정도는 감수할 수 있잖아."

"정말 괜찮겠어?"

루비가 되물었다. 걱정이 많은 다른 아이들과 달리 태평한 리나가 신기한 것 같았다. 리나는 다들 너무 걱정이 많다고 대답했다.

"내가 다른 도시 출신이라 그런가? 우리 도시 사람이라면 별로 신경 안 썼을 거야. 아주 나쁜 짓을 한 것도 아니잖아. 우리는 좋은 책을 읽었으니까. 좋은 책 맞지? 지민이가 좋은 책이라면 좋은 책이겠지. 이 정도는 감수해야지. 재밌게 놀았으면 된 거야. 솔직하게 잘못했다고 반성하고 반성문 쓰고 읽으면 되잖아. 뭐가 대수야? 귀찮

긴 하지만."

지민은 반대로 리나가 너무 무사태평한 것 같았다. 반성문을 쓰고 공공장소에서 읽는다니 정말 부끄러웠으니까. 리나야 다른 도시 출신이라서 그렇다고 해도, 프라이캠툼에서 태어나고 자란 하원, 현, 서율, 률아한테는 큰일이었다. 리나야 말로 다른 아이들 마음을 못 헤아리는 건 아닌가 지민은 생각했다. 그런데 리나의 말을 듣고 루비가 말했다.

"네가 왜 지민을 돕는지 궁금했어. 책을 많이 읽는 아이도 아닌데 왜 지민을 돕는지 이유를 통 알 수 없었거든. 그냥 재밌어서 하는 건지, 아니면 친구가 하자니까 마지못해서 하는지 궁금했는데, 너도 생각이 있었구나. 네 말이 옳아. 나쁜 짓을 한 것도 아니야. 좋은 책을 읽었으니까 이 정도 수고는 감수해야지. 반성문 정도 뭐가 대수라고. 반성문 몇 장 쓰고 좋은 책을 더 많이 읽는 편이 훨씬 이득이지. 그러니까 나도 집으로 가지 않겠어. 다 같이 했으니까 나도 같이 반성문을 쓰고 싶어."

"뭐?"

아이들이 놀라서 동시에 되물었다. 지금 도시를 빠져나가면 반성문을 안 써도 되는데 굳이 남아서 벌을 받겠다고? 루비는 같이 학교로 돌아가자고 했다. 아이들이 빨리 집으로 가라고 조언해도 루비가 싫다고 딱 잘라서 말하고 앞장서서 걷기 시작했기 때문에, 아이들은 어리둥절해서 뒤를 따랐다.

도서관에 도착했을 때 로봇 경찰이 아이들을 기다리고 있었다. 금지 도서도 다 확인한 다음이었다. 그렇게 금지 도서를 도서관에 몰래 두려던 꿈은 물거품이 되었다.

지민이 반성문을 쓰는 벌을 받았다고 부모님께 알리자 혼났지만, 크게 혼나진 않았다. 단지 읽고 싶은 책이 있으면 진작 말을 하지 그랬냐고, 말했으면 옆 도시로 데리고 갔을 텐데 왜 말을 하지 않았냐고 야단칠 뿐이었다. 그리고 반성문을 낭독하려면 부모가 같이 가야 하는데 귀찮아서 화를 낸 것도 있었다. 지민 부모님은 아무리 금지 도서를 갖고 싶어도 그게 프라이캠툼 시티의 법이니까 따르라고 했다. 지민은 앞으로는 그러지 않겠다고 부모님께 약속했고 그걸로 끝났다. 다른 아이들 역시 크게 혼나진 않았다.

일주일 후 지민, 리나, 률아, 서율, 현, 예준, 하원과 아이들의 부모님이 게이트 앞 광장에 모였다. 아이들의 반성문 낭독회가 광장에서 열릴 예정이었다. 반성문 낭독이 끝나면 다 같이 햄버거를 먹으러 가기로 되어 있었다. 벌을 받으러 온 아이들의 일정치고는 이상하긴 했다. 부모님도 다들 아이들을 용서한 다음이라서 가능한 일이었다. 루비는 늦게 도착했다. 루비 부모님은 오지 않았는데 루비의 부모님은 루비가 혼자 다녀도 별로 신경 쓰지 않는 것 같았다.

"내가 먼저 반성문 읽을게."

루비가 제일 먼저 읽겠다고 일어났다. 우물쭈물대며 앉아 있는 아이들을 뒤로 하고 용감하게 광장 한가운데로 나가 반성문을 읽기 시작했다.

"안녕하세요, 저는 플레이아데스 시티에서 온 정루비입니다. 프라이캠툼 시티에서 금지한 도서를 읽는 잘못을 저질러서 반성문을 읽으려 합니다. 저는 다음의 금지 도서를 도시에 반입해서 친구들과 같이 읽었습니다. 소설 목록은 다음과 같습니다. 《어린 왕자》, 《변신》, 《행복한 왕자》, 《아큐정전》, 《마지막 잎새》, 《일곱째 공주》, 《노인과 바다》…"

도서 목록을 듣고 행인 몇이 놀라서 걸음을 멈췄다. 금지 도서를 어떻게 들여와서 읽었는지 궁금한 모양이었다. 게이트 앞을 다니는 사람들이라면 다들 어디론가 바쁘게 가는 중일 텐데, 그런 사람들이 걸음을 멈출 정도로 대단한 소식이었다.

"《어린 왕자》는 생텍쥐페리가 1900년에 발표한 소설입니다. 오랜 시간에 걸쳐 많은 독자에게 사랑받았고, 소설의 삽화는 과거 20세기 지구에 존재한 국가이자 생텍쥐페리의 모국인 프랑스의 화폐 도안으로 쓰이기도 했습니다. 어린 왕자가 어떤 내용인지 설명하겠습니다. 주인공인 비행사인데 사막에 불시착해서 비행기를 고치던 중 별에서 온 어린 왕자를 만납니다."

루비는 《어린 왕자》 줄거리를 말하기 시작했다. 다들 처음엔 반성문과 소설 줄거리가 무슨 상관인가 싶었지만, 루비가 반성문에 쓸 말이 없어서 그냥 아무 말이나 하고 있으려니 했다. 그런데 루비가

《어린 왕자》 전체를 낭독하기 시작했다. 문장 하나하나를 정확히 낭독하고 있었다. 부모님들은 놀라서 아이들에게 물었다.

"쟤는 정말 책 한 권을 다 기억하니?"

아이들이야 루비가 모든 문장을 기억하는 광경을 이미 봤지만, 부모님은 처음 본 것이다. 아이들이 루비의 놀라운 재주를 설명하긴 했어도 실제로 보는 건 또 달랐다. 부모님은 아이들보다도 더 신기해했다.

"세상에 저렇게 기억력이 좋은 아이가 있다니 믿어지질 않네."

루비가 《어린 왕자》를 낭독하자 지나가다가 멈춰서 듣는 사람들이 점점 늘었다. 중학생 여자아이가 책 하나를 암송하는 모습이 놀라웠을 것이다. 프라이캠툼 시티에서 금지 도서를 들으니 호기심에 멈춰서 구경하는 사람도 있었다. 행인들은 루비가 읽는 《어린 왕자》 내용에 빠져서 듣기 시작했다. 웃기도 하고 박수를 치기도 하고 친구들한테 전화해서 빨리 공원으로 오라고 하는 사람까지 있었다.

"루비도 정말 보통 아이가 아니구나."

지민은 중얼거렸다. 루비처럼 자신감에 넘치는 아이가 인공지능이 하라는 대로 반성문을 얌전히 써 올 리 없었다. 금지 도서를 반성문에 넣어서 낭독하다니 분명히 불법이었다. 지민은 루비가 저래도 되는지 불안했는데, 아니나 다를까 로봇 경찰이 얼른 달려와서는 루비를 말리기 시작했다. 반성문을 읽으라고 했더니 금지 도서를 낭독하면 어쩌냐는 거였다. 루비는 항변했다.

"하지만 이건 반성문이에요."

"반성문 안에 금지 도서 내용이 있잖아요. 안 됩니다."

로봇 경찰이 안 된다고 해도 루비는 막무가내였다.

"어떤 반성문을 쓰건 자유잖아요."

"그렇다고 금지 도서를 통째로 암송하면 어떡합니까? 안 됩니다. 책 내용은 건너뛰고 반성만 읽으세요."

그러자 행인들이 야유했다. 책을 계속 듣고 싶다는 거였다. 심하게 화를 내는 어른도 있었다. 도시 정책에 불만을 품고 있었던 어른이 꽤 많았던 모양이었다. 루비도 당당하게 말했다.

"반성문을 읽게 하든지 말든지 둘 중 하나 선택하세요."

로봇 경찰은 결국 루비 하고 싶은 대로 하라고 허락했다. 사람들이 신이 나서 박수를 쳤고, 루비는 낭독을 이어갔다. 《어린 왕자》 전체를 암송하느라 시간이 오래 걸렸다. 짧은 소설도 소리 내서 읽으면 무척 길구나, 지민은 그때 깨달았다.

마침내 루비가 암송을 끝냈을 때 광장에는 아주 많은 사람이 모여 있었다. 루비가 암송을 끝내자 박수를 치고 환호하는 관중을 향해 루비는 말했다.

"이 반성문은 글로 정리해서 프라이캠툼 중학교 도서관에 기증할 예정입니다. 도서관을 많이 이용해 주시면 감사하겠습니다."

루비가 거기까지 말했을 때 로봇 경찰이 루비의 말을 끊고는 다들 돌아가라고 했다. 루비도, 반성문을 읽을 다른 아이도, 관중도 모두 얼른 집으로 가라고 해서 반성문 낭독회가 싱겁게 끝났다. 아이들은 힘들게 쓴 반성문은 읽지도 못하고 집으로 돌아왔다.

도서관의 금지 도서는 로봇 경찰이 가져갔다. 새로 들여놓은 책 중엔 륜아가 가져온 엘리너 파존의 《서쪽 숲》과 서율이 가져온 안네 프랑크의 《안네의 일기》만 남았다. 지민은 담임 선생님한테도 주의를 들었다. 책을 많이 읽고 싶은 마음은 이해하지만, 말썽은 부리지 말아 달라고 선생님이 부탁해서 지민도 그러겠다고 약속했다.

이후 지민은 그때 일을 떠올릴 때마다 자신이 왜 그런 무모한 일을 벌였는지 이해가 가지 않았지만, 책이 몇 권 없는 도서관을 볼 때마다 다시 마음이 답답해졌다. 태양계에서 제일 큰 도서관을 이용하던 지민이 작은 도서관이 성에 찰 리가 없었다. 그래도 앞으로 같은 행동을 하지 않겠다고 부모님과 선생님께 약속했으니, 작은 도서관에 적응해야 했다.

얼마 후 루비가 정말 반성문을 보내왔다. 자신이 어떻게 지민을 만나서 프라이캠툼 시티에 왔고, 책을 몰래 만들었고, 아이들과 금지된 독서 클럽을 만들었고, 로봇 경찰한테 들켰는지를 쓴 글이었다. 그걸 도서관에 배치해 달라고 해서 지민은 그렇게 했다. 루비가 보냈을 때는 제목 없는 그냥 반성문이었는데, 리나가 제목을 지어도 되겠냐고 물었다.

"뭐라고 할 건데?"

"《반성 없는 반성문》어때?"

그래서 작가 정루비의 에세이《반성 없는 반성문》이 도서관 신작 도서가 되었다. 책을 볼 때마다 지민이 저질렀던 실수가 부끄럽기도 하고 어이가 없어서 웃음이 나오기도 했다. 그런데《반성 없는 반성문》을 읽고 싶다고 도서관에 찾아오는 아이들이 있었다. 천재 중학생이 광장 한가운데서 책 전체를 암송했다는 소식을 듣고, 정확히 무슨 일이 있었던 건지 호기심에 찾아온 아이들이었다. 지민과 리나는 아이들한테 빌려줄 때마다 이렇게 말했다.

"도서관에 책이 별로 없으니까 종이책 구하면 기증해 줘."

그렇게 홍보해서 한 권 두 권 종이책을 모았다.

금지된 독서 클럽 아이들은 개학 후에도 만나서 도서관에서 책을 읽었다. 다들 학원 다니고 공부하느라 바빴지만 그래도 어떻게 시간을 내서 모였다. 아쉬운 건 루비가 못 온다는 거였다. 프라이캠툼 시티의 규정을 어긴 벌로 반성문을 읽었던 기록이 남아 있어서, 도시에서 입국 허가를 잘 내주지 않았다. 그리고 루비도 자기 독서 클럽과 공부 때문에 바쁘기도 했다.

지민이가 루비를 만나고 싶다고 하자, 리나는 말했다.

"사실 방법은 간단해. 우리가 다른 도시로 나가서 루비를 만나면 되잖아. 같이 금지 도서를 읽고 토론도 할 수 있어."

리나가 금지된 독서 클럽 아이들한테 루비를 보러 가자고 했더니 다들 재밌겠다면서 시간을 내 보겠다고 했다. 바쁜 아이도 있고 부모님이 허가해 줄지 의문인 아이도 있어서 여덟 명이 못 모일 줄 알았다. 그런데 지민, 리나, 률아, 현, 서율, 예준, 하원까지 모두 시간을 냈다.

같이 모여서 루비를 만나기도 한 날, 다른 아이들은 다 제시간에 게이트 앞에 도착했는데 리나는 이십 분을 늦었다. 늦어 놓고는 태연하게 허풍을 늘어놓았다.

"늦게 와서 미안해. 오다가 우주선이 추락한 걸 봤지 뭐야. 그런데 우주선 안에 루비가 타고 있었어. 그래서 루비를 데리고 오느라 늦었어. 저기 루비 온다!"

아이들은 게이트에서 나오는 루비를 보고 깜짝 놀랐다. 다들 놀라서 왜 여기까지 왔냐고 묻자, 루비는 이상한 질문 다 한다는 듯이 대답했다.

"친구들이 보고 싶어서 왔지."

놀랍게도 루비는 심지어 개인 우주선을 대여해서 타고 왔다. 그걸 타고 플레이아데스 시티로 가면 우주철보다 더 빨리 갈 수 있다면서 말이다.

"시간 절약하니까 좋잖아?"

우주선 대여하려면 돈이 꽤 드는데 친구들 만나려고 우주선을 빌려서 오다니, 루비는 꽤 부잣집 아이인 모양이었다. 아이들이 루비한테 돈이 어디서 났는지 물었더니 이번에는 리나가 갑자기 허풍을 늘어놓았다.

"루비 집은 정말 부자거든. 부모님이 얼마나 부자냐면, 화성 소행성대에서 소행성을 하나 샀는데 안에 다이아몬드 광산이 있었대. 그래서 큰돈을 벌었어. 그 돈으로 또 소행성을 샀는데 이번에는 더 큰 다이아몬드 광산이 있었던 거야. 그래서 세 번째 소행성을 샀더니 다른 부자들이 엄청 비싸게 살 테니까 제발 자기한테 팔라고 줄을 섰대. 그 소행성에도 다이아몬드 광산이 있을 줄 알았던 거야. 그래서 루비 부모님이 큰돈을 받고 팔았는데, 다이아몬드 광산은 없었어. 부자들이 속았다면서 돈을 돌려 달라고 했지만, 루비 부모님은 돌려주지 않았어. 그래서 부자들이 루비를 납치한 거야. 루비가 부자들과 결투 끝에 우주선이 추락했고 내가 그 우주선에서 루비를 구하느라 약속에 늦은 거야."

리나가 말도 안 되는 거짓말을 늘어놓는 동안 아이들은 개인 우주선을 탔다. 우주선이 프라이캠툼 시티를 떠나 날아가는 동안, 아이들은 우주선 안을 구경하기도 하고 그동안 읽은 책에 대해서 말하고 앞으로 어떤 책을 읽으면 좋을지 말하느라 시간 가는 줄을 몰랐다.

작가의 말

김이환

저는 책을 무척 좋아하는 학생이었어요. 학교나 집에서나 책을 항상 읽었어요. 책을 읽으면 책 속에 간혹 다른 책이 언급되곤 하는데, 그건 어떤 책일까 궁금해하곤 했습니다. 《빨간 머리 앤》에는 (영화로도 유명한) 소설 '벤허'가 등장해요. 《작은 아씨들》에는 '천로역정'이 등장하고요. 《키다리 아저씨》에는 '제인 에어'를 읽는 장면이 등장하고요. 이런 책들은 어떤 책일까 궁금했고 '이런 내용일지도 몰라' 하고 상상하기도 했어요. 나중에 그때 상상했던 책이 생각나 찾아 읽으면 더 재밌기도 했습니다. 지금도 어렸을 때 궁금했던 책을 계속 찾아 읽으면서 즐거워하고 있습니다. 여러분도 책을 읽는 즐거움, 그리고 다른 재미있는 책을 찾아다니는 즐거움을 느끼셨으면 해서 이 단편을 썼습니다. 아무쪼록 〈반성 없는 반성문〉을 즐겁게 읽으셨으면 좋겠습니다. 글에 나오는 생텍쥐페리의 《어린 왕자》, 엘리너 파전의 《서쪽 숲》과 《일곱째 공주》 등도 한번 도서관에서 찾아 읽어 보세요. 제가 무척 좋아하는 소설이에요.

화성 학교의 괴물 소동

정명섭

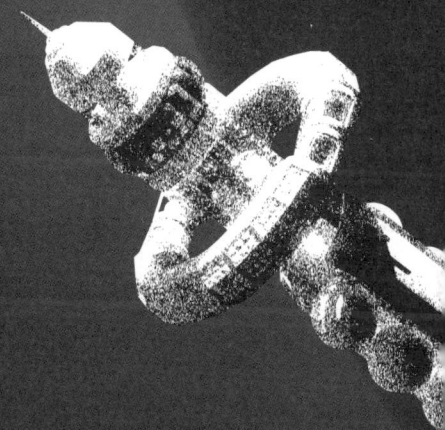

"야! 더듬이로 교과서 넘기지 말랬지!"
주현이의 잔소리에 브론이 짜증을 냈다.
"인간들은 더듬이로 잘도 넘기면서."
주현이가 손을 흔들면서 대꾸했다.
"이건 더듬이가 아니라 손이라고! 손!"
"손이나 더듬이나."
화성인 특유의 끈적거리는 녹색 피부를 가진 브론의 반박에 주현이가 흔들었던 손으로 긴 머리를 넘기며 말했다.
"그게 어떻게 똑같아. 그리고 더듬이가 문제가 아니라 거기서 나오는 끈쩍거리는 점액이 교과서를 망치니까 그렇지."
"내가 보는 건데 왜?"
"도서관에 있는 책들은? 지난번에 내가 22세기 주요 역사 사건

모음집 보려고 했는데 엄청 끈적거렸다고."

"잘 말려서 보면 되잖아."

"진짜 말도 안 되는 소리 하지 마. 화성인들은 귀가 네 개나 있으면서 왜 말귀를 못 알아듣는 건데?"

"그건 인간의 입이 하나라서 그래."

둘이 계속 투닥거리는데 낯선 기계음이 들렸다.

"너희 지구인이랑 화성인들은 진짜 만나기면 하면 싸우는구나."

목소리의 주인공은 은색의 몸통과 머리를 가진 로봇 페이커였다. 붉은 눈을 반짝거린 페이커는 둘 사이에 머리를 들이밀고는 기계음으로 혀를 찼다.

"학교는 공부를 하고 친구랑 사이좋게 지내라고 오는 곳이지. 싸우러 오는 곳이 아니라고."

"싸우는 게 아니라 그냥 의견 교환 중이야."

주현이가 심드렁하게 대꾸하자 페이커가 어깨에 손을 올렸다.

"남이 버린 쓰레기를 내 주머니에 넣으면 내 주머니만 더러워지잖아."

"무슨 앞뒤 안 맞는 소리야?"

"모든 길은 결국 나로 통하게 되어 있어."

엉뚱한 대답을 들은 주현이가 브론을 바라봤다. 브론이 머리에 난 더듬이로 페이커의 가슴에 달린 패널을 살짝 건드렸다. 그러자 패널에서 삐빅거리는 소리가 나면서 페이커의 목소리가 달라졌다.

"가지가지 나뭇가지하네."

"이건 또 무슨 멘트야?"

당황한 브론의 대답에 주현이가 혀를 찼다.

"잘 눌렀어야지. 페이커 어록 중에 농담하는 버튼을 눌렀나 보네. 다시 눌러 봐."

"알았어."

브론이 더듬이로 다시 패널들을 조작하자 페이커의 목소리가 달라졌다.

"얘들아. 공부할 시간이야."

안도의 한숨을 쉰 둘은 서로를 바라보며 고개를 끄덕거렸다. 마침, 수업을 알리는 벨소리가 들리자 친구들과 떠들던 아이들이 잽싸게 제자리에 앉았다. 잠시 후, 앞문을 열고 육중한 몸의 담임 선생님이 들어왔다. 아이들끼리 피글렛이라고 부르는 담임 선생님은 유랑행성 피어 출신으로 백년 전에 피어가 화성 근처를 지나갈 때 이주해 왔었다. 수백 년을 사는 피어 행성인들은 전 우주를 돌면서 보고 들은 것들이 많아서 교육이나 우주 진출을 위한 상담을 하는 경우가 많았고, 셋이 다니는 화성 제14학교에도 피어 행성 출신의 선생님들이 제법 되었다. 피글렛도 그중 한 명으로 지구인들의 표현으로는 마치 돼지가 서서 걸어다니는 것 같은 느낌을 주었다. 전자교탁 앞에 선 피글렛 선생님은 이번에 새로 뽑힌 화성인 반장인 유도나의 구령에 맞춰 인사하는 아이들에게 한 손을 가볍게 들어 올렸다.

"좋은 아침이다. 학생 여러분."

"네, 그렇습니다."

학생들의 우렁찬 대답이 마음에 들었는지 흐뭇하게 바라보던 피글렛 선생님이 말했다.

"오늘도 평범한 하루가 될 겁니다. 하지만 이 평범한 하루를 위해 수많은 생명들이 희생되었다는 점을 기억하시기 바랍니다. 오늘 급식은 화성 3식이 나올 예정입니다. 알레르기 반응이 있는 학생들은 미리 얘기하고 지구 1형 급식으로 대체해서 식사하시기 바랍니다. 돔 밖에는 우주 폭풍이 심하게 몰아칠 예정이니까 절대로 놀러 나가지 마세요. 지난주에도 옆 고등학교에서 바이크 타러 나갔다가 실종된 사례가 있으니까요. 그리고 오후 수업 끝나고 강당에서 고전 영화를 상영할 예정입니다. 관심 있는 학생들은 수업 끝나고 보러 가세요. 신청은 도서관 담당 선생님에게 하시면 됩니다."

피글렛 선생님의 얘기를 들은 주현이가 손을 번쩍 들었다.

"영화는 어떤 건가요?"

"지구인들이 외계인과 맞서 싸우는 에일리언 시리즈 중 가장 호평을 받는 2편입니다."

"아! 그 영화 봤는데 재미없었어요."

"수백 년 전 영화니까 당연히 그렇겠죠. 하지만 그 영화를 봐야 할 이유가 있어요. 외계인이라고 무조건 총을 쏘고, 싸우던 야만적인 지구인들의 모습을 봐야 하니까요."

예전에 봤던 그 영화에서 식민지 해병대가 에일리언들에게 마구잡이로 총을 쏴 대는 장면을 봤던 주현이는 저도 모르게 고개를 끄덕거렸다. 그런 주현이의 모습을 본 피글렛 선생님이 씩 웃었다.

"참, 그리고 학교 지하실은 공사 중이니까 절대 내려가지 마세요. 여기 지하에 뭐가 있는지 알죠?"

이번 물음에 대한 대답은 화성인 출신 브론의 몫이었다.

"화성의 고대 종족이 만든 지하 신전이요."

"맞아요. 학교 이전이 결정되긴 했지만 언제 옮길지 모르는 상황이라 보강 공사가 예정되어 있습니다. 그러니까 지하로는 내려가지 마세요."

"네!"

브론을 비롯한 학생들의 대답을 들은 피글렛 선생님이 때마침 울리는 벨소리에 미소를 지었다.

"이제 수업이 시작되었네요. 첫 수업은 저와 함께 하는 화성과 지구의 역사군요. 오늘은 세 번째 시간으로 인간은 왜 지구에서 화성으로 이주했나입니다."

뒤뚱거리며 전지 칠판 쪽으로 걸어간 피글렛 선생님이 아래에 있는 가상 현실 버튼을 눌렀다. 그러자 지구가 홀로그램으로 떠올랐다. 아이들이 교실 가운데 뜬 지구의 홀로그램을 바라보는 가운데 피글렛 선생님이 입을 열었다.

"서기 2395년, 지구는 정말 정말 위기에 처했습니다. 늘어나는 인구와 환경오염 때문이었죠. 마구잡이로 개발을 하는 바람에 지구의 기후는 날로 악화되었고, 전염병까지 퍼지면서 인구수가 많은 국가들은 최후의 수단으로 전쟁을 택했습니다. 인간들이 '종말 전쟁'이라고 부르는 그 전쟁은 31년간 지속되었고, 각 국가의 대표들이 수몰된 뉴욕의 유엔 빌딩 위에 배를 타고 모여서 정전 협정을 맺고 나서야 끝이 났죠. 아! 화성의 1년은 지구의 365일이 아니라 687일입니다. 그러니까 화성 기준으로는 16년 전쟁이 되겠군요. 아무튼 전쟁은 끝났지만 재앙은 그때부터 시작이었습니다."

피글렛 선생님이 두툼한 손에 차고 있던 웨어러블 워치의 버튼을 누르자 홀로그램으로 보이던 지구 곳곳이 파괴되어 갔다.

"인간들은 어리석게도 핵과 화학 무기를 이용해서 전쟁을 벌이는 바람에 지구는 순식간에 망가져 버렸어요. 지중해는 사막이 되어 버렸고, 아프리카와 북아메리카대륙, 유라시아대륙의 일부는 핵폭발로 인한 방사능으로 인해 사람이 살 수 없는 땅이 되어 버렸죠. 해양 오염도 심해지면서 식량도 부족해지고 말았어요. 전쟁 이후 반세기 동안 생존한 인구는 다시 급감했고, 국가도 이때 사라져 버렸죠. 남은 인류는 그나마 생존이 가능한 호주와 태평양 일대의 섬 지역에 흩어져 살았습니다. 그러다가 지구를 떠나기로 결정했죠. 이주하기로 결정한 지역은 바로 여기, 화성이었습니다."

홀로그램에서 지구가 사라지고 화성이 나타났다.

"인류는 호주에 있는 엘리자베스 우주 기지를 중심으로 물자를 모아서 마침내 이주용 우주선을 만들어 냅니다. 그 이주용 우주선의 이름은 바로 아담과 이브였죠."

두 개의 거대한 우주선이 지구를 떠나 화성으로 향하는 홀로그램이 보였다. 뒤이어 몇 대의 크고 작은 우주선이 더 발사되는 모습이 보였다.

"22년 동안 총 14대의 로켓이 발사되었고, 3대는 대기권을 이탈하다가 사고로 폭파되었고, 2대는 화성으로 가는 과정에서 부서졌고, 1대는 착륙 과정에서 파손되면서 막대한 인명피해를 냈죠. 총 29,891명의 인류 중에서 13,340명이 도착하지 못한 것이죠. 그리고 간신히 도착한 인류는 화성의 원주민인 드류힌과 만나게 됩니다."

홀로그램은 화성에 착륙한 인간이 머리에 촉수가 여러 개 달린 화성의 원주민과 마주치는 장면이 묘사되었다. 피글렛 선생님의 설명이 이어졌다.

"인간들은 이걸 '위대한 만남'이라고 부릅니다. 인간의 특성상 새롭게 접촉한 원주민들과는 항상 적대적으로 싸우거나 지배하려고 들었지만 전쟁으로 인해 큰 피해를 입고 깨달음을 얻은 인간들은 우호적인 접촉을 했고, 다행히 드류힌들 역시 평화를 사랑했기 때문에 서로 공존하게 되었죠. 그리고 양쪽이 같이 머물 수 있는 공동 거주구역을 만들어서 지냈고, 지금처럼 같은 학교에서 교육을 받도록 한 겁니다. 서로 이해할 수 있도록 말이죠. 그러니까 서로 싸우지 말고 사이좋게 지내야 합니다. 물론 백 년 전에 이곳에 정착한 우리 피어인들도 평화롭게 공존하고 있죠."

홀로그램은 피글렛 선생님과 비슷하게 생긴 피어인들이 나타나서 나란히 서 있는 것으로 마무리 되었다. 홀로그램을 끈 피글렛 선생님이 안경을 꺼내서 쓴 다음에 천천히 학생들 앞에 섰다.

"그리고 홀로그램에는 미처 넣지 못했지만 하나의 종족이 더 있습니다. 바로 인공지능이 탑재된 로봇이죠. 우리 반에도 있는 페이커처럼요."

지구인과 화성인 학생들이 일제히 페이커를 돌아봤다. 다른 학생들보다 키가 큰 바람에 제일 뒤에 앉아 있던 페이커가 말했다.

"높은 산, 깊은 강."

페이커의 얘기를 들은 브론이 더듬이를 흔들면서 주현이에게 물었다.

"쟤는 왜 저렇게 맨날 이상한 얘기만 해?"

"페이커라서 그래."

"그게 왜?"

"인류의 전성기였던 21세기 초반에 크게 유행했던 리그 오브 레전드, 롤이라고도 부르는 게임이 있었는데 페이커라는 한국인 프로게이머가 엄청나게 대단한 실력을 자랑했거든. 저 로봇을 만든 기술자가 그 사람을 너무 좋아해서 이름을 그렇게 붙인 거지."

"이름은 그렇다고 쳐도 왜 자꾸 이상한 소리를 하는 걸까?"

"페이커가 했던 말들인가 봐. 그걸 입력시켜 놨는데 프로그램 오류로 가끔 엉뚱하게 말하는 거지."

얘기를 듣고 가만히 촉수를 끄덕거리던 브론은 문득 생각난 표정으로 주현이를 바라봤다.

"너는 어떻게 그렇게 잘 알아?"

"페이커를 만든 게 우리 아버지거든."

심드렁하게 대꾸한 주현이가 덧붙였다.

"그리고 뻑하면 나랑 롤을 하자고 해."

"수백 년 전에 했던 게임을? 우와! 신기하다."

흥분한 브론의 외침에 여전히 심드렁해하던 주현이가 턱을 괸 채 말했다.

"재미있긴 한데 요즘 유행하는 홀로그램 게임이랑 너무 달라서 적응이 쉽지 않아."

페이커가 연신 삐빅거리는 소리를 내면서 끼어들려고 했지만 피글렛 선생님의 얘기가 이어졌다.

"인간이 이주한 화성에 머물고 있던 드류힌 역시 화성의 원주민이 아니라는 점입니다. 지구의 연도를 기준으로 3,300년 전에 알 수 없는 곳에서 화성에 도착한 것이죠. 그리고 그들이 오기 전에 이곳에 원주민이 살고 있었다는 사실도 여러분에게 알려주고 싶어요."

홀로그램이 다시 바뀌면서 거대한 조각상들이 보였다.

"우리는 그들을 거대한 조각을 만든 '조각가들'이라고 부르고 있죠. 지하공간에 거대한 석상들을 남겨 놓은 것 말고는 아무런 흔적을 찾을 수 없는 상황입니다. 우리 학교 지하에도 그들의 석상이 있는 거대한 공간이 있답니다. 이들에 대해서는 여러 가지 견해들이 존재합니다. 낮은 기술력을 가지고 있어서 더 이상 발전하지 못하고 사라졌다고 보고 있지만 어느 날 갑자기 사라졌기 때문에 다른 별로 이주했다든지 아니면 어떤 존재에 의해 멸종되었다고 보는 견해도 있지요. 어쨌든 초기 드류힌들은 조각가들에 대해서 부정적인 기록을 남겨 놓고 최대한 접촉하지 말라는 얘기를 남겨 놨습니다."

조각상들을 비추는 홀로그램이 확대되었고, 피글렛 선생님이 이야기를 마무리 지었다.

"다음 주에 인간들과 드류힌들이 위대한 만남을 가진 곳을 돌아볼 예정입니다. 원래 내일 가려고 했는데 우주폭풍이 심해서 불가피하게 미뤘습니다. 그곳에 가기 전에 봐야 할 자료들은 제가 여러분의 클라우드에 업로드하겠습니다. 잘 읽어 보시기 바랍니다."

얘기를 마친 피글렛 선생님이 손목에 찬 웨어러블 워치의 버튼을 눌렀다. 그러자 학생들이 앉아 있던 책상에 놓인 휴대용 패드에 자료가 도착했다는 메시지가 일제히 울렸다. 학생들이 일제히 싫은 티를 냈지만 피글렛 선생님은 크게 개의치 않았다. 마침, 수업의 끝을 알리는 벨소리가 들리면서 피글렛 선생님은 남은 하루 잘 보내라는 말과 함께 뒤뚱거리는 몸을 이끌고 교실 밖으로 나갔다. 아이들은 문이 닫히는 소리를 듣자마자 삼삼오오 모여서 떠들었다. 주현이가 자신감 넘치는 표정으로 말했다.

"학교에 있다는 괴물은 분명 조각가들일거야."

셋이 다니는 학교는 괴물이 나오는 걸로 유명했다. 가끔 이상한 소리가 들리거나 땅이 흔들리기도 하고, 이상한 모습의 괴물이 학교를 배회하는 것을 목격한 사람들도 제법 많았다. 형태도 가지가지고 모양도 제각각 달라서 대부분은 뭘 잘못 봤다고 생각했다. 하지만 목격한 학생이나 선생님들은 괴물이 분명하다고 목소리를 높였다. 학교에서는 이상한 소문을 잠재우기 위해 여러 차례 조사를 했지만 지하에서 뭔가 발생하고 있다는 것을 제외하고는 알아낸 것이 없었다. 결국 소문은 널리 퍼져나갔고, 학생들 사이에서도 큰 관심거리여서 많은 추측들이 오고갔다. 대부분은 주현이처럼 지하에 거대한 석상을 만들어 놓고 사라진 고대의 화성인들인 조각가들이 아직 살아남은 것이라고 것이라고 생각했다. 하지만 영혼이나 괴물의 존재를 믿지 않는 브론 같은 드류힌들이나 로봇들은 이해하지 못했다. 이번에도 페이커가 반박했다.

"영혼이나 괴물이라는 건 눈에 보이지 않아야 하는데 그걸 어떻게 목격한다는 거야?"

"로봇은 이해를 못 할걸. 보이지 않는 걸 볼 수 없으니까."

페이커는 이해하지 못하겠다는 듯 삐빅거리는 소리를 냈다. 주현이는 다시 브론에게 촉수에 관한 잔소리를 하기 시작했고, 어느 틈엔가 끼어든 페이커도 교과서는 손가락으로 넘겨야 한다고 말했다.

머리 위의 촉수를 흔든 브론이 결국 알겠다고 대답하면서 기나긴 말싸움은 마무리가 되었다. 그러자 갑자기 침묵이 찾아왔고, 셋은 동시에 턱에 손을 괴면서 말했다.

"심심해."

셋이 다시 눈을 마주쳤고, 이번에도 거의 동시에 말했다.

"지하!"

인간과 드류힌, 피어인과 인공지능 로봇들이 같이 사는 공간은 '돔'이라고 불렸다. 지하를 파서 거주공간을 만들고 태양광을 받아들이기 위해서 위쪽에 투명 돔을 씌운 형태였다. 그렇게 만든 돔들이 화성 여기저기에 흩어져 있었는데 세 명이 살고 있는 돔은 아담시티라고 불렸다. 아담호가 맨 처음 도착해서 화성에 사는 원주민인 드류힌들과 만난 장소 근처에 세워졌기 때문이다. 화성에서 가장 많은 사람들이 살고 있었기 때문에 각종 사건 사고들이 많았다. 같이 지낸 지 오래되면서 오해들이 많이 풀렸지만 초창기에는 이런저런 소문들이 떠돌았다. 인간들이 드류힌들을 납치해서 각종 비밀 시험을 했다든지, 반대로 드류힌들이 인간들이 자기 땅을 차지하는 걸 미워해서 몰래 무기를 모아서 공격할 계획을 세운다는 소문들이 돌았다. 거기다 인공지능을 보유한 로봇들이 다른 두 종족들을 멸종시키고 자신들이 화성을 차지하기 위해 바이러스를 개발한다는 이야기도 퍼졌었다. 하지만 모두 오해이거나 악의에 찬 거짓말이었다. 거기다 이곳을 떠나면 더 이상 갈 곳이 없다는 절박함을 깨닫게 되면서 인간들은 다른 종족들, 그리고 인공지능 로봇들과 대타협을 이루고 공존하기 시작했다. 평화가 찾아왔지만 주현이와 브론, 그리고 페이커 같이 화성에서 태어났거나 만들어진 존재들에게는 따분하기 그지 없는 하루의 연속일 뿐이었다. 셋은 서로를 바라봤다. 주현이가 먼저 입을 열었다.

"우리 지하공간 입구 구경 가 볼래? 공사 중이라면 감시용 로봇이나 센서도 없을 거 아냐."

브론이 촉수를 흔들면서 대꾸했다.

"지하에 진짜 조각가들이 있을까? 엄청 큰 거인이라고 하던데 말이야."

"지금은 없겠지."

주현이가 심드렁하게 얘기하자 페이커가 끼어들었다.

"우지를 5연갈 했던 갈리오 같은 정의 거상일까?"

"그게 언제 적 얘긴데?"

"수백년 전."

해맑게 얘기하는 페이커를 보면서 둘은 동시에 한숨을 쉬었다. 브론이 더듬이를 꼬아 가면서 말했다.

"이따 수업 끝나고 가 보자."

"안 들킬 자신 있어?"

주현이의 물음에 브론이 더듬이를 끄덕거렸다.

"예전에 돔을 지탱할 지지대를 세우려고 굴착을 했다가 중단한 곳을 알고 있어. 거기로 가면 지하공간을 바로 볼 수 있는 구멍이 있어."

"바로?"

"아마도."

주현이의 눈빛이 반짝거리는 걸 본 페이커가 뭔가 말을 하려고 했다. 그러자 둘이 동시에 입을 열었다.

"아재 개그 멈춰!"

페이커의 입에 X자가 표시되면서 침묵이 찾아왔다.

학교 수업이 끝나고 피글렛 선생님이 집에 일찍 돌아가라는 신신당부를 귓등으로 흘려들은 셋은 학교 강당 뒤편으로 모였다. 강당 뒤에는 학생들이 타고 다니는 공중 부양 카트의 수리센터가 있었다. 브론과 같은 종족인 드류힌 일꾼들이 카트를 고치는 중이었다. 브론이 몇 마디 말을 건네고 뒤쪽으로 돌아갔다.

"여기야."

브론이 가리킨 곳에는 커다란 구멍이 뚫려 있었다. 셋은 구멍 쪽으로 다가갔다. 주변에 전자 펜스가 설치되어 있지만 지하공간 공사 때문인지 꺼져 있어서 가까이 접근할 수 있었다. 구멍을 내려다본 페이커가 말했다.

"저 아래 뭐가 있을까?"

주현이가 진지한 표정으로 대답했다.

"지옥?"

둘의 얘기를 듣던 브론이 촉수로 주현이를 살짝 떠밀었다. 그러자 주현이가 깜짝 놀랐다가 촉수인 걸 알고 브론의 등짝을 살짝 때렸다.

"죽을래?"

셋이 그렇게 낄낄거리는데 갑자기 바닥이 쑥 꺼져 버렸다. 셋은 비명을 지를 틈도 없이 아래로 추락했다.

떨어지면서 정신을 잃었던 주현이가 눈을 뜨고 제일 먼저 본 것은 빛이었다. 페이커의 가슴에서 나온 비상용 조명등인 걸 알아챈 주현이가 물었다.

"브론은?"

"옆에, 좀 이따 깨어날 거 같아."

그 말이 끝나기가 무섭게 브론이 촉수를 흔들며 눈을 떴다. 천천히 일어난 주현이가 위쪽을 올려다봤다. 얼마나 떨어졌는지 짐작하기조차 어려울 정도로 높았다. 페이커가 머리에 있는 조명을 켜서 주변을 보여 주자 주현이가 한숨을 돌렸다.

"지구보다 중력이 약해서 다행이었어. 안 그랬으면…"

"그게 아니라 내가 두 사람을 잡고 비상추진장치로 내려와서 그래."

다른 때였다면 재수없다는 얘기부터했겠지만 틀린 얘기는 아니라서 이번에는 칭찬을 할 수 밖에 없었다.

"천만다행이네. 그나저나 여긴 어디야?"

"지하공간."

페이커의 대답을 들은 주현이는 주변을 돌아봤다. 페이커가 조명을 강하게 켜자 주변이 보였다. 길고 거대한 석상들이 어둠 속에 쭉 뻗어 있었다. 고개를 뒤로 젖힌 브론이 중얼거렸다.

"진짜 어마어마하게 크네. 이걸 어떻게 땅 속에 만들어 놨을까?"

"살아나길 바란 건 아니었을까?"

주현이의 대답에 브론이 어이가 없다는 표정으로 촉수를 흔들었다.

"돌이 무슨 수로 살아나?"

조명을 켠 채 듣고 있던 페이커가 끼어들었다.

"데마시아를 지키는 갈리오 같은 존재 아닐까?"

또 롤 얘기가 나오자 둘은 약속이나 한 듯 고개를 저으며 조용히 하라는 손짓을 했다. 브론이 팔짱을 낀 채 말했다.

"떨어진 곳으로 올라가긴 힘들 거 같고…"

"우리가 없어진 줄 알면 찾으러 나서지 않을까?"

주현이의 희망 섞인 물음에 페이커가 손가락을 까닥거렸다.

"우리가 없어진 걸 알려면 몇 시간은 더 있어야 해. 그 다음에 우리가 여기 있다는 걸 알려면 더 많은 시간이 걸릴 것이고, 그 사이에 이 낯선 환경 속에서 무슨 일이 벌어질지 몰라."

"냉정한 분석 고마워."

"페이커는 항상 위기의 순간에 더 냉정해졌어."

우쭐해하는 페이커를 보면서 둘은 다시 고개를 절레절레 흔들었다. 그때, 땅이 울리는 소리가 들렸다. 놀란 주현이가 위쪽을 쳐다봤다.

"무, 무너지는 거 아니야?"

"일단 여기에서 벗어나자."

브론의 말에 둘 다 위쪽을 올려다보면서 움직였다. 거대한 석상들에게서 떨어진 부스러기들이 셋의 주변으로 떨어졌다.

"우와! 맞으면 끝장이야."

브론이 촉수로 머리를 가린 채 뛰었고, 주현이와 페이커가 뒤를 따랐다. 정신없이 달리던 셋은 벽 같은 곳에 도달했다. 좌우를 살핀 주현이가 말했다.

"여기가 끝인가 봐."

돌이 떨어지는 소리는 멈췄지만 그것보다 더 무시무시한 소리가 들렸다. 브론이 촉수로 귀를 막은 채 외쳤다.

"이게 대체 무슨 소리야?"

주현이도 손으로 귀를 가린 채 대꾸했다.

"마치 공간이 뒤틀리는 거 같아."

페이커만 대수롭지 않은 듯 얘기했다.

"공기가 빠져나가는 소리로 추정되는데?"

"공기가 빠져나간다고?"

놀란 주현이가 두 손으로 입을 가렸다. 그걸 본 페이커가 조명을 깜빡거렸다.

"그러면 오히려 숨이 더 막히지."

둘의 얘기를 듣던 브론이 갑자기 촉수를 흔들었다.

"공기가 어디로 빠져나갈까?"

"왔던 곳이겠지. 위쪽의 돔에서 공기가 생성되었을 테니까."

페이커의 대답에 주현이와 브론은 동시에 위쪽을 바라보며 외쳤다.

"위로 올라갈 수 있는 출구가 있다는 얘기잖아."

페이커가 삐빅거리며 대답했다.

"이론 상으로는, 하지만 공기가 나갈 수 있다고 우리도 나갈 수 있다는 뜻은 아니야."

페이커의 대답에 주현이가 손가락을 까닥거렸다.

"얼른 찾아봐. 여기서 조각가들의 영혼과 마주치는 것보다는 백배 낫지."

"잠시만."

페이커가 적외선 조명을 켜고 벽을 살펴봤다. 그러다가 위쪽을 올려다봤다.

"저기 위에 균열이 있는데 거기서 새어 나오는 거 같아."

"우릴 저기로 올려 줘."

페이커와 주현이가 얘기를 나누는 사이, 뒤쪽을 돌아본 브론이 소리쳤다.

"으아! 뭔가가 오고 있어."

돌아선 주현이의 눈에는 어둠 밖에는 안 보였다.

"뭐가 보인다고 그래?"

"오고 있다고!"

소리를 지르는 브론과 주현이를 끌어안은 페이커가 외쳤다.

"추진 시스템 가동!"

등과 다리의 엔진이 가동되면서 서서히 떠오른 셋은 거대한 벽의 균열 사이에 무사히 내려설 수 있었다. 한숨 돌린 주현이는 무심코 아래쪽을 내려다보다가 깜짝 놀라고 말았다.

"저게 뭐야?"

페이커와 브론도 따라서 아래를 내려다보다가 깜짝 놀라고 말았다.

"촉수 같은 게 올라오잖아."

셋은 뒤로 몸을 날렸다. 거대한 촉수가 벽을 타고 올라오면서 균열을 스치고 지나갔다. 섬뜩한 울음소리와 벽이 긁히는 소리가 함께 들려오자 셋은 동시에 귀를 막았다. 촉수가 사라진 후에도 셋은 두려움에 질린 표정으로 균열 너머를 바라봤다.

"조각가들인가 봐. 학교 지하의 괴물들."

가까스로 정신을 차린 주현이의 얘기에 이번에는 둘 다 반박하지 못했다. 페이커가 가슴의 패널을 확인하더니 둘에게 말했다.

"방금 전 비상동력을 두 번째로 쓰는 바람에 이제 더 이상 비행은 불가능해."

"그 얘기는 이제 걸어서 올라가는 수 밖에는 없다는 얘기네?"

주현이의 대답에 브론이 어둠을 바라보며 중얼거렸다.

"진짜 어둡네."

페이커가 앞쪽에 조명을 비추며 대답했다.

"조명을 켤 에너지는 아직 남아 있어."

"그런데 아까 그 촉수 같은 건 뭘까?"

브론의 물음에 주현이는 잠깐 생각하다가 고개를 저었다.

"생각하고 싶지도 않아."

"그게 혹시."

주저하던 브론이 덧붙였다.

"조각가들이 사라져 버린 이유일까?"

"촉수들이?"

"아까 봤잖아. 엄청 빠르고 위협적이었어. 그게 만약 지상으로 나오면 돔은 순식간에 쑥대밭이 되고 말걸?"

브론의 말에 주현이는 같은 생각이라는 듯 고개를 끄덕거렸고, 페이커 역시 조명을 껌뻑거리는 것으로 대답을 대신했다. 그리고 삐빅거리는 전자음과 함께 입을 열었다.

"이건 마치 2024년 롤드컵에서 페이커가 있던 T1이 BLG에게 세

트스코어 2대1로 몰린 4세트 같네."

"그래서 이겼어? 졌어?"

"페이커가 두 세트 다 천상계의 솜씨를 보여 주면서 뒤집었지."

으스대며 말하는 페이커를 보면서 둘은 한숨을 쉬었다. 그리고 주현이가 먼저 입을 열었다.

"일단 빨리 여기서 나가서 이 아래 뭐가 있는지를 알려줘야겠어."

"날 따라와. 공기가 흘러나오는 곳으로 데리고 나갈게."

자신 있게 얘기한 페이커가 균열 내부를 천천히 걸었다. 둘은 페이커가 밟은 곳을 따라서 나아갔다. 약간 위로 올라가는 균열 내부는 좁아지기도 하고 커지기도 했지만 나란히 통과하는 데는 별 문제가 없었다. 생각보다 별 문제가 없자 셋은 긴장이 풀렸는지 중간 중간 농담도 주고 받으면서 걸어갔다. 거의 손을 짚고 올라가야 하는 공간도 나왔지만 서로 밀어 주고 끌어 주면서 올라갔다. 브론이 균열 내부를 촉수로 만지면서 입을 열었다.

"축축하고 말랑말랑한데 대체 뭘까?"

그러자 급경사를 올라가서 한숨 돌린 주현이가 대꾸했다.

"혹시 똥 아닐까?"

그리자 브론이 촉수로 뭉친 덩어리를 던지면서 외쳤다.

"야! 똥 받아라!"

둘이 낄낄거리면서 서로 주고 받는데 페이커가 떨어진 부스러기를 배 가운데 있는 분석 패널에 넣고는 분석 결과를 알려 줬다.

"절반은 수분이고, 나머지는 성분을 분석하기 어려운 세포조직들이야."

신나게 덩어리를 던지고 맞던 둘은 그 얘기를 듣고는 손을 멈췄다. 설마하는 표정으로 바라보던 둘에게 페이커가 말했다.

"인간의 대변과 상당히 유사한 구조를 가지고 있다는 뜻이지."

페이커의 얘기를 듣자마자 둘은 얼굴에 묻은 것들을 닦아 내며 헛구역질을 했다. 주현이가 울상이 된 채 말했다.

"아까 입에 들어온 거 같았는데."

"먹어도 인체에는 치명적인 피해는 없어. 분석되지 않은 성분들이 있긴 하지만 말이야."

"야! 분석되지 않았는데 나쁜지 아닌지 어떻게 알아."

브론 역시 촉수로 얼굴을 닦으면서 말했다.

"거대한 석상에 주변은 똥으로 된 벽이라니, 괴물이 나올 만하네."

"똥보다는 대변이라는 학술적인 단어가 더 어울릴 거 같은데?"

페이커의 말에 브론이 고개와 촉수를 절레절레 저었다.

"그거나 이거나지. 일단 빨리 이 똥 덩어리, 아니 대변 덩어리에서 벗어나자."

셋은 말 없이 계속 걸어서 마침내 검고 축축한 공간에서 빠져나왔다. 딱딱하고 차가운 공간에 도착하자 주현이와 브론은 약속이나 한 듯 주저앉아 한숨을 쉬었다. 그러다가 브론이 주변을 돌아봤다.

"여긴 어떤 공간이야?"

"화성의 토양층을 인공적으로 다듬은 것으로 봐서는 조창기 인간들의 정착지 같아. 그때는 자재가 충분하지 않아서 돔을 만들 수 없었거든."

페이커의 대답을 들은 주현이가 엉덩이를 털면서 일어났다.

"그 얘긴 지상이랑 가깝다는 뜻이잖아. 어서 가자. 생각보다 별 문제가…"

주현이의 말이 끝나기도 전에 아까 밑에서 들렸던 불길한 소리가 들렸다. 뭔가 쥐어짜 내지는 소리 같기도 하고, 뒤틀리는 기괴한 소리가 들려오자 셋은 주변을 돌아봤다.

"어디서 들리는 거지?"

몸을 바짝 낮춘 브론의 중얼거림에 페이커가 방금 셋이 빠져나온 구멍을 가리켰다.

"저기."

그 말이 끝나기가 무섭게 구멍에서 촉수들이 빠른 속도로 쏟아져 나왔다. 셋은 비명을 지르며 뛰기 시작했다. 앞장 선 페이커가 조명을 켰고, 둘은 정신없이 뒤를 따라갔다. 촉수는 기괴한 소리를 내면서 사방으로 뻗어 갔고, 그중 일부는 셋을 쫓았다. 무심코 뒤를 돌아봤던 브론이 소리쳤다.

"야! 바로 뒤야! 더 빨리 뛰어!"

숨을 헐떡거리던 주현이가 투덜거렸다.

"여기서 더 빨리 어떻게 뛰어!"

스르륵 기어 온 촉수가 제일 뒤에서 달리던 브론을 앞질러서 주현이의 발목을 휘감았다.

"우악!"

쓰러진 주현이가 촉수에 의해서 질질 끌려가자 멈춰선 브론이 소리쳤다.

"야! 주현이를 놔 줘!"

브론이 달려와서 주현이를 끌고 가는 촉수에 매달렸다. 하지만 촉수의 힘을 이겨 내기에는 무리였다. 둘이 같이 끌려가자 주현이가 소리쳤다.

"야! 얼른 놔!"

"멍청한 소리 하지 말고 좀 버텨 봐!"

브론의 외침에 주현이는 손으로 주변을 긁어 봤다. 하지만 끌려가는 속도를 줄이지는 못했다. 아까 나왔던 구멍에 거의 도달할 무렵, 갑자기 날아온 페이커가 엄청난 속도로 촉수를 내리찍었다. 촉수가 큰 충격을 받았는지 꿈틀거리며 붙잡았던 주현이를 놔 버렸다. 그 틈을 타서 브론과 페이커는 주현이를 끌고 최대한 멀리 도망쳤다. 질질 끌려가던 주현이가 페이커에게 물었다.

"비상 동력 다 써서 못 난다며?"

"나 혼자 날 정도는 남아 있었어."

"그런데 왜 없다고 한 거야?"

"너희들을 데리고 날지 못하면 못 나는 거나 다름없으니까."

나름 감동적인 말에 둘이 멍하게 쳐다보는데 페이커가 말했다.

"촉수가 다시 움직일 확률이 58퍼센트야. 서두르자."

몸을 일으킨 주현이가 촉수가 사라진 구멍쪽을 바라봤다.

"저 촉수가 조각가들일까?"

"조각할 만큼 손이 섬세해 보이지는 않던데?"

브론의 농담에 주현이가 피식 웃었다.

"뭘 쥐기에는 너무 크긴 했어."

둘의 얘기를 듣던 페이커가 끼어들었다.

"뭔가 좀 이상해."

"뭐가 이상한데?"

브론의 물음에 페이커가 아까 촉수를 내리찍었던 발바닥을 보여 주면서 말했다.

"발의 센서로 확인했는데 촉수도 이 벽이랑 같은 성분으로 구성되어 있어."

페이커의 얘기를 듣고 둘 다 어이가 없다는 표정을 지었는데 브론이 먼저 입을 열었다.

"뭐라고? 그럼 저 촉수도 똥이라는 거야?"

"대변이랑 비슷하다는 얘기지."

페이커의 대답에 주현이가 촉수에 감겼던 발을 내려다봤다.

"대변으로 된 벽에 촉수마저 똑같다니 괴물치고는 좀 지저분하네. 아무튼 어서 올라가자. 다음에 또 나타날지도 몰라."

셋은 서둘러 발걸음을 옮겼다. 동굴처럼 만들어진 공간은 곳곳으로 뻗어 있어서 길을 잃기 딱 좋았다. 다행히 벽에 예전에 거주했던 사람들이 화살표를 비롯해서 여러 가지 표시로 위로 올라가는 코스를 알려 줬다. 한글과 영어를 비롯해서 다양한 언어로 표시되어 있었지만 피글렛 선생님이 틈만 나면 언어를 가르쳐 준 덕분에 다들 쉽게 이해하고 움직일 수 있었다. 화살표가 그려진 대로 한참을 걷자 위로 올라가는 사다리가 보였다. 엄청 낡아 보이는 사다리를 본 브론이 촉수로 머리를 긁었다.

"올라갈 수 있을까?"

"해 봐야지. 촉수가 언제 또 공격해 올지 모르는데."

가장 먼저 주현이가 올라가고 그 다음에는 브론이 올라갔다. 브론이 올라갈 즈음부터 심하게 삐걱거리는 사다리 앞에 선 페이커가 위를 올려다봤다.

"내 무게를 못 견딜 확률이 89퍼센트야."

"11퍼센트는 버틸 수 있다는 뜻이네. 얼른 올라와."

주현이의 채근에 페이커는 조심스럽게 사다리를 붙잡고 올라왔다. 하지만 중간 즈음에 사다리가 견디지 못하고 찌그러졌다. 위에서 지켜보던 주현이와 브론이 동시에 손을 내밀어서 페이커를 붙잡았다. 하지만 로봇이라서 꽤 무거웠던 페이커를 끌어올리지는 못했다. 얼굴이 시뻘개진 주현이가 페이커에게 말했다.

"너, 추진력으로 어떻게 좀 올라와 봐."

"입구가 작아서 위험해."

"지금이 더 위험할 거 같은데, 얼른 써!"

주현이가 버럭 소리를 지르자 페이커가 마지막 남은 비상 동력을 썼다. 엔진이 아주 잠깐 가동했다가 멈추면서 페이커를 위층으로 올렸지만 그게 끝이었다. 페이커는 겨우 균형을 잡으며 내려섰지만 바닥이 무게에 못 이겨 꺼져 버렸다. 뒤로 물러나 있던 주현이와 브론이 매달려서 끌려 내려가려던 페이커를 겨우 버티게 했다. 한숨 돌린 페이커가 둘에게 말했다.

"버리지 않아서 고마워."

"뭘 고마워. 당연한 거지."

겨우 일어난 브론의 투덜거림에 주현이도 같은 얘기를 하고는 몸을 일으켰다.

"어서 가자. 재수없는 대변 촉수랑 또 마주치기 싫어."

셋은 다시 거미줄처럼 이어진 동굴을 걸었다. 그리고 부서진 잔해들을 발견했다. 주현이가 동굴을 파는 데 쓴 것 같은 삽날을 살펴봤다.

"우주신 넘비가 적혀 있네. 잔해를 가지고 삽으로 만들었나 봐."

조금 더 걸어가자 넓은 공간이 나왔고, 벽에 그림이 그려져 있었다. 셋은 자연스럽게 그곳에 멈춰서 그림을 지켜봤다. 그림에는 아까 셋을 연거푸 공격했던 촉수들이 보였다. 촉수가 사람을 끌고 가고, 동료나 가족으로 보이는 사람이 눈물을 흘리는 모습이 그려졌다. 그리고 인간들이 결국 동굴 밖으로 나와서 드류힌들과 만나서 악수하는 모습이 덧붙여졌다. 그걸 본 브론이 중얼거렸다.

"그러니까 결국 지하에서 촉수들의 공격에 못 이겨서 밖으로 나왔다가 우리들과 만난 셈이네."

브론의 얘기에 주현이가 맞장구를 쳤다.

"아마도 그런 거 같아. 어쩌면 위대한 만남은 촉수들 덕분이었네."

그 다음 그림도 인상적이었다. 지상으로 나온 인간들이 돌과 우주선의 잔해로 동굴 입구를 막는 것을 묘사했다. 그걸 본 페이커가 삐빅거리는 소리를 냈다.

"마지막 그림이 이상해. 동굴 밖을 나간 후의 상황인데 그걸 그려 놨잖아."

"에이, 그거야 앞으로 동굴을 나가서 입구를 막아 버릴 것이라는 계획을 그려 놓은 거겠지."

주현이의 얘기를 들은 브론이 아래쪽을 살펴보다가 고개를 저었다.

"아닌 거 같아."

"뭐가?"

"여기 아래쪽에 못 나간 사람이 그려져 있어."

막혀지는 동굴 입구 아래 사다리 근처에 쪼그리고 앉은 사람들이 몇 명 보였다. 아주 작게 그려졌지만 슬퍼하고 있다는 것은 어렵지 않게 알아차릴 수 있었다. 주현이가 가까이 들여다보면서 중얼거렸다.

"왜 못 나갔을까?"

페이커가 눈 옆에 달린 센서를 가동시킨 후에 대답했다.

"못 나간게 아니라 안 나간 거 같아."

"뭐라고?"

"여기 쪼그리고 앉은 그림 아래 작게 적혀 있어. 모두를 위해라고."

"모두를 위한다면."

"아마 모종의 이유로 나가지 못하고 막게 되는 상황에서 자청해서 남은 거 같아."

페이커가 이미지를 확대시켜서 보여 주었다. 한글로 적힌 글을 본 주현이가 한숨을 쉬었다.

"안타깝네. 초기에 정착했을 때가 수백 년 전이니까 지금은 흔적도 남지 않았겠지?"

주현이와 페이커가 얘기를 주고받는 와중에 브론이 촉수를 꼬았다.

"생각해 보니까 말이야. 학교에서 이상한 괴물이 보였다는 게 혹시 이 그림과 연관이 있지 않을까?"

"어떻게?"

"여기 남아 있는 사람들의 영혼이 동굴 위에 지어진 학교를 떠돌고 있을지도 모르잖아."

"아까는 영혼 같은 게 없다면서?"

"이 정도로 희생적이라면 영혼이 있을 거 같아."

브론의 대답에 주현이가 한숨을 쉬었다.

"그러게. 초기 정착 시기에 정말 많은 희생이 있다고 하더니 사실이었어."

다들 숙연하게 바라보는 가운데 페이커가 말했다.

"진동이 느껴져."

마른 침을 삼킨 주현이가 말했다.

"촉수가 오는 거야?"

"그런 거 같아. 아까랑 패턴이 비슷하거든."

"나가긴 해야 하는데 촉수가 지상으로 나오면 위험해."

그게 무슨 의미인지 깨달은 둘은 무겁게 고개를 끄덕거렸다. 그런 둘에게 주현이가 얘기했다.

"일단 가 보자."

셋은 표시가 된 통로를 따라서 계속 올라갔다. 중간 중간 촉수들의 진동이 느껴지긴 했지만 올라갈수록 멀어졌다. 그렇게 몇 개 층을 올라가자 페이커가 말했다.

"지상에 거의 다 온 거 같아."

"다행이네."

어두운 천정을 올려다보며 브론이 말하는 순간, 바닥이 허물어졌다. 그리고 튀어나온 촉수가 브론을 붙잡았다.

"으아악!"

놀란 주현이와 페이커가 동시에 촉수에 매달렸다. 촉수는 뚫고 나온 구멍으로 브론을 끌고 가려고 했지만 둘이 매달리면서 빠져나가지 못했다. 그 사이에 페이커가 발로 촉수를 연달아 걷어찼다. 결국 촉수는 견디지 못하고 빠져나가려고 했지만 페이커가 발로 벽을 차서 천장을 무너뜨리자 깔려 버리고 말았다. 빠져나가지 못하고 돌에 깔린 촉수는 납작해진 채 하얀 진물을 흘렸다. 발끝으로 살짝 건드린 주현이가 페이커에게 물었다.

"죽은 거야?"

"일단 생체 반응은 안 보여."

"어떻게 여기까지 올라왔을까?"

"우리가 움직이는 걸 보고 쫓아왔을 거 같아."

페이커의 얘기를 들은 주현이가 뭔가 깨달은 표정으로 말했다.

"아까 그림에서 몇 명이 동굴 밖으로 나가지 않은 이유가 이것 때문이었을까? 촉수가 지상으로 나가지 못하게 말이야."

주현이의 얘기에 브론은 아무 말도 못하고 페이커가 삐빅거리며 대답했다.

"나름 합리적인 추론이야."

페이커의 대답을 들은 주현이가 심각한 표정으로 말했다.

"그럼 우리도 올라가면 안 되겠네."

화성 학교의 괴물 소동 79

"그것도 나름 합리적인 방법이긴 해."

둘이 동시에 째려보자 페이커가 재빨리 덧붙였다.

"뭔가 방법이 있을 거야."

셋은 다시 발걸음을 옮겼지만 아까처럼 빠르지는 않았다. 잘못하면 정체불명의 촉수를 지상으로 이끌 수도 있다는 걱정 때문이었다. 앞장서 걷던 주현이가 둘에게 말했다.

"생각해 봤는데 말이야. 저 촉수 꼭 기생충 같은 존재가 아닐까?"

"기생충?"

브론의 반문에 페이커가 대신 대꾸했다.

"인간을 비롯한 생물의 몸에 기생해서 양분을 빨아들이는 진핵생물을 기생충이라고 해."

페이커의 설명에 브론이 고개를 끄덕거리자 주현이가 설명을 이어갔다.

"우리가 들어간 화성의 지하에 기생하는 존재라고 할 수 있지."

"그럼 조각가들이 사라진 것도…"

"연관이 있을지 몰라. 그러니까 더더욱 조심해야지."

얘기를 나누며 한참을 걷던 셋은 위에서 내리 쬐이는 빛과 마주쳤다.

"저게 뭐지?"

제일 먼저 발견한 페이커가 중얼거리고 셋은 함께 그곳으로 갔다. 동굴의 위쪽으로 곧게 뻗은 좁은 통로를 본 브론이 얘기했다.

"예전에 뚫은 환기구 같아."

"지상에 공기가 없는데 무슨 환기구?"

주현이의 반박에 페이커가 말했다.

"지상의 공기 농도를 체크하려고 한 걸지도 몰라. 그리고 관측 장비 같은 것도 내보낼 필요가 있었겠지."

페이커의 설명을 들은 주현이가 말했다.

"여기로 올라가면 촉수한테 안 들키고 올라갈 수 있을 거 같은데?"

"좁지 않겠어?"

브론의 대꾸에 페이커가 넓이를 확인하고는 대꾸했다.

"직경이 지구 기준 46센티라 한 명씩은 통과가 가능해."

"그런데 저길 어떻게 올라가. 엄청 높아 보이는데."

"대략 45미터 정도 될 거 같아."

"소리쳐도 안 들리겠네."

브론이 낙담하는 순간, 페이커가 한쪽 팔을 구멍 쪽으로 치켜들었다. 그리고 팔을 발사했다. 놀란 두 사람에게 페이커가 삐빅거리며 말했다.

"팔에 내장된 로프가 따 46미터야."

그리고 반대쪽 팔도 살짝 뽑았다.

"둘은 이걸 잡아. 같이 올라가자."

주현이와 브론이 팔에서 나온 로프를 잡자 페이커가 둘을 바라봤다.

"속도가 엄청 빠를 거야. 놓치면 안 돼."

둘이 고개를 끄덕거리자 페이커의 눈에서 푸른빛이 번쩍거렸다.

"가자. 친구들."

피글렛 선생님은 사무실에서 아담 시티의 경찰관들에게 상황을 설명하고 있었다. 세 명의 경찰은 각각 인간, 드류힌, 그리고 로봇이었다.

"그러니까 걔네들이 수업이 끝나고 감쪽같이 사라졌어요. 학교 밖으로 나가지는 않은 것 같은데."

피글렛 선생님이 안절부절못하고 드류힌 경찰관이 진정시켰다.

"선생님, 저희가 꼭 찾아내겠습니다. 그러니까 차분하게…."

말이 미처 끝나기도 전에 옆 방에서 우당탕하는 소리가 났다. 놀란 경찰관과 피글렛 선생님이 문을 열자 환기구를 뚫고 올라온 셋이 보였다. 놀란 피글렛 선생님이 외쳤다.

"너희들! 괜찮은 거야? 어디에 있던 거니?"

셋은 서로의 얼굴을 쳐다보면서 웃음을 참지 못했다. 그러다가 주현이가 입을 열었다.

"학교 지하에 괴물들을 만나 보고 왔어요."

"괴물?"

"네, 행정관님과 만나 봐야 할 거 같아요. 지하에 엄청 무시무시

한 기생충, 아니 괴물이 살고 있거든요."
 어리둥절해하는 피글렛 선생님과 경찰관들을 본 셋은 다시 한 번 웃음을 터트렸다.

작가의 말

정명섭

저는 밤하늘에 반짝거리는 별을 볼 때마다 생각하곤 합니다. 인간이 다른 별로 이주하고 그곳에 원래부터 살고 있는 지성이 있는 존재들과 만난다면 과연 어떤 일이 벌어질까 말이죠. 인간은 예측 가능한 데이터를 오랫동안 쌓아 왔습니다. 유럽인들이 대항해 시대에 바다를 건너 아메리카 대륙에 도달했을 때 잉카와 마야 문명을 글자 그대로 멸망시켰죠. 콜럼버스가 처음 도달한 아이티 역시 원주민들이 사라지는 데 한 세기면 충분했습니다. 장소가 우주로 옮겨진다고 해도 비슷한 일이 반복되지 않을까라는 것이 저의 예측입니다. 그래서 그걸 뒤집을 수 있는 이야기를 써 봤습니다. 인간과 다른 존재들이 공존하며 함께 살아가는 상상을 하면서 말이죠. 인간은 그렇게 살아야 하고, 그럴 기회가 충분히 있었습니다. 앞으로 인간이 다른 존재들과 함께 공존할 수 있는 세상을 꿈꾸면서 이 이야기를 썼습니다.

유랑학교

이지현

- 우주로 떠나다

"준비됐니, 효리야?"

엄마의 목소리가 효리의 귀에 선명하게 들려왔다. 효리는 고개를 끄덕이며 창밖을 바라봤다. 우주선 발사대가 보이는 창문 너머로 새벽의 어스름이 서서히 걷히고 있었다. 발사 시간이 가까워지고 있었다. 지구를 떠나 우주를 탐험하는 '유랑학교'에 합격했다는 소식을 들은 건 두 달 전이었다. 처음엔 믿기지 않았다. 우주선으로 이동하며 행성에서 무언가를 배운다는 것이 도대체 어떤 경험일지 상상조차 할 수 없었다. 그러나 지금, 그 상상이 현실이 되고 있었다. 심장이 두근거렸다.

"효리야, 이건 네가 원하던 기회잖아. 새로운 세상, 새로운 도전. 넌 해낼 수 있어."

엄마는 다정한 미소로 효리의 머리를 쓰다듬었다.

"응, 나도 알아."

효리는 작게 미소 지었지만, 우주로 향하는 것, 새로운 학교에서 낯선 친구들을 만나는 것, 그리고 무엇보다도 자신을 기다리고 있을 모험이 무엇인지 알 수 없다는 사실이 겁이 났다.

우주선 내부는 넓고 차분했다. 아이들이 각자 지정된 자리로 탑승하고 안전벨트를 매고 있었다. 효리도 자리에 앉아 단단히 벨트를 조였다. 곧 지구를 떠난다는 사실이 점점 현실로 다가왔다. 우주선 엔진이 굉음을 내며 진동했다. 몸이 강하게 시트에 눌렸다가, 무중력으로 바뀌자, 창밖 풍경은 급격히 달라졌다. 푸른 지구 대기가 멀어지더니, 검은 우주가 눈앞에 끝없이 펼쳐졌다.

'이제 진짜 시작이구나…'

효리는 속으로 중얼거렸다.

- 유랑학교, 소수호

"오늘은 어디로 가나요?"

조정실 스크린에 펼쳐진 은하계 지도를 보며 채연은 눈빛을 반짝였다. 별빛을 머금은 행성, 둥근 꼬리를 가진 행성, 거대한 고리를 두른 행성, 붉고 푸른 빛으로 물든 행성까지 저마다 다른 빛깔로 미지의 세계를 향한 설렘을 부풀게 했다.

여기는 유랑학교 우주선 '소수'였다. 채연은 스크린에서 눈을 떼고 뒤에 서 있던 도엽을 돌아보았다. 언어와 생물학을 맡은 신참 교사인 채연은 노란빛으로 염색한 머리와 또렷한 빨간 립스틱을 하고 있었다. 선명한 색감은 그녀의 감정을 감추지 않고 드러내는 듯했다.

"어디든, 우리가 가는 곳이 길이지요."

역사와 인문학을 담당하는 도엽은 온화한 표정을 지었지만, 말끝에는 묘하게 사람을 압도하는 힘이 배어 있었다. 순간순간 그의 눈빛은 차갑고 단호하게 변하곤 했다.

"도엽. 예전부터 궁금했는데요, 왜 우주선 이름이 '소수'예요?"

채연이 웃으며 물었다.

"소수(紹修)는 조선시대 성리학이 정치 이념으로 변질되던 시기에 무너진 학문을 다시 일으켜 닦겠다는 의지를 담은 말이에요."

"음. 학문의 부흥이라? 유럽의 르네상스 같은 건가요?"

채연은 눈을 껌벅이며 되물었다.

"그렇다고도 할 수 있죠. 지구의 문명은 그런 과정을 한두 번씩 거쳤으니까요. 다만…"

도엽은 말을 멈추고 조정실 스크린을 조작했다. 그러자 16세기 조선의 소수서원이 파노라마로 펼쳐졌다. 소나무 숲 너머 팔작지붕 강당에서 강론을 듣는 선비들의 모습. 담백한 흰옷을 입고 가부좌를 틀고 앉은 그들은 고요히 움직이며 풍경과 어우러졌다. 채연은 정갈한 서원의 풍경에 잠시 시선을 빼앗겼다. 도엽은 그녀가 집중하는 것을 놓치지 않았다.

"흥미가 있다면 성리학의 대표 인물도 알려드리죠."

채연은 그제야 도엽이 자신을 바라보고 있다는 사실을 깨달았다.

"이황은 '이'가 본질이고 '기'가 따른다고 주장했어요. 정치적으로 해석하면 양반이 본질이고, 평민은 종속된다는 논리였죠. 권력층을 정당화하는 사상이었어요."

도엽은 목소리를 가다듬고 차분하게 설명을 이어갔다.

"반대로 이이는 신분제를 완화하려 했습니다. 서자나 천민에게도 기회를 주어야 한다고 주장했죠. 흥미로운 건… 시대에 따라 그들의 주장은 다르게 평가됩니다. 겉으로는 학문 논쟁 같지만, 결국 누가 권력을 쥐느냐의 문제였다는 거예요."

잠시 숨을 고른 도엽은 단단한 어조로 목소리를 낮췄다.

"역사는 우연히 흘러가지 않습니다. 누가 어떤 힘을 쥐느냐, 그것이 미래를 바꾸죠. 그리고."

계속해서 말을 이어가려던 순간, 조정실 스크린 도어가 열렸다. 강우가 땀에 젖은 얼굴로 우주 생물 루올리샤니드를 안고 들어왔다. 루올리샤니드의 더듬이는 힘없이 축 늘어져 있었고, 커다란 입에서는 뜨거운 증기가 뿜어져 나왔다. 눈동자는 초점을 잃은 채 허공만 헤매고 있었다.

"무슨 일이에요? 얘가 왜 이러는 거죠?"

채연은 다급하게 강우에게 다가갔다. 과학과 수학을 맡은 강우는 얼굴을 붉히며 한 걸음 뒤로 물러섰다.

"소수 지니! 응급 진료실을 연결해!!"

채연의 격앙된 목소리가 울렸다.

[소수 지니입니다. 응급 진료실 연결 시도합니다.]

"채연입니다. 응급 진료봇 대기시켜요. H2 상황 요청합니다."

말끝이 떨렸다. 그사이 루올리샤니드의 몸이 흐물대며 꿀렁대기 시작했다. 몸통에선 쿨렁쿨렁 속을 뒤집는 소리가 울렸다.

"심상치 않죠?"

강우가 채연에게 물었다.

"힘을 잃어 가고 있어요. 진료팀이 분석하고 준비하고 있을 거예요. 지금 바로 가요."

두 사람은 서둘러 출입문으로 향했다. 때마침 문이 열렸으나, 건너편에는 지영이 서 있었다. 세 사람은 동시에 발걸음을 멈췄다. 지영은 체육과 음악을 맡고 있었다. 검은 슈트를 입고, 양 갈래로 땋은 머리를 휘날리며 뛰거나 악기를 연주하는 모습은 마치 오래된 이야기 속 마법사를 연상케 했다.

"어어, 왜 이렇게 서두르지? 무슨 일 있어?"

지영은 비꼬듯 물었지만, 채연은 시선을 피한 채 복도 쪽만 바라봤다.

"흠. 흠."

뒤따르던 강우가 헛기침하며 루올리샤니드를 들쳐 안고 채연을 앞질렀다. 강우가 나서지 않았다면 지영은 벌써 채연에게 날 선 말을 던졌을 것이다.

"알았어. 내가 먼저였지만 급하면 먼저 지나가."

지영은 입술을 삐죽 내밀며 강우 품에 안긴 생물을 힐끗 쳐다봤다. 채연과 강우는 말없이 조정실을 빠져나갔다. 두 사람이 스쳐 지나가자, 루올리샤니드의 비릿한 냄새가 지영의 코끝을 찔렀다.

"윽, 냄새는 뭐냐?"

지영은 미간을 찌푸리며 코를 움켜쥐었다. 허공에 대며 손부채질을 요란하게 흔들었다.

"싫은 건 냄새가 아니잖아요. 괜히 핑계 대지 마세요."

채연이 얼굴을 붉히며 쏘아붙였다.

"무슨 소린지 모르겠네."

지영이 비웃자, 채연이 날카롭게 맞받았다.

"우주 생물도 감정이 있어요. 표현 방식만 다를 뿐이에요. 예술 전공하신 분이 더 잘 아셔야 하는 거 아닌가요?"

"아니, 예술은 아름답기라도 하지. 이건 뭐…."

"무슨 말을 그렇게 하세요!"

"예술은 인간을 위해서 있는 거지. 게다가 지금은 급한 것 같은데."

지영은 밖을 가리키며 턱짓했다. 채연은 도리질하며 응급실로 발걸음을 옮겼다. 강우는 그런 채연의 뒤를 조용히 따랐다.

스크린 도어가 닫힌 것을 확인한 지영은 투덜대며 조정실 스크린 앞 도엽에게 다가갔다.
"마음에 안 들어. 우리랑 같이 일하기엔 감수성이 지나쳐."
신경질적으로 혀를 끌끌 찼다.
"예민한 만큼 조종하기엔 쉬울 겁니다."
도엽은 머리를 쓸어올리며 차갑게 대꾸했다.

조정실 너머로 광활한 성운과 빛무리가 흘러가고 있었다. 도엽은 '소수'를 기획하며 아이들을 현혹할 생물과 자원을 찾던 기억을 떠올렸다.
"아이들을 끌어들이려면 결국 교사와 우주 생물이 미끼가 돼야 해요. 그래야 리커다트를 더 모을 수 있죠."
"우리가 유랑학교 '소수'를 여기까지 이끌어 왔잖아. 이제 우리 방식대로 아이들을 선발할 때야."
지영은 도엽을 격려하면서도 은근히 자신을 치켜세웠다.
"그렇죠. 현재 지구의 공교육은 평준화라는 이름으로 차등을 없앴어요."
지영은 미소를 지으며 낮게 덧붙였다.

"결국 그들이 두려워하는 건 혼란이 아니라 변화야. 하지만 우린 달라. 우리는 변화 속에서 진짜 힘을 보여 주려 하지."

도엽의 시선은 여전히 조정실 스크린에 머물렀다. 수많은 별과 행성의 궤도가 겹쳐 흐르고 있었다. 짧은 침묵 뒤에 도엽은 고개를 끄덕였다.

"리커다트… 고대 문명이 남긴 그 결정체만 손에 넣으면 새로운 질서를 만들 수 있어요."

지영이 웃으며 속삭였다.

"그리고 그 열쇠를 가져다줄 존재가 바로…."

"쉿, 조심하세요. 낮말은 AI가 듣고, 밤말은 기록장치에 남습니다."

도엽이 손가락을 들어 올리며 경고했다. 지영은 정색하다가 피식 웃었다.

"역시."

- 알페라의 신비

소수호에 탑승한 지 한 달이 지났다. 효리는 우주선의 잔잔한 진동을 느끼며 잠에서 깼다.

방 안의 조명은 불규칙하게 깜박였고, 창문 너머 무한한 어둠 속에서 별빛이 끝없이 반짝이고 있었다.

"오늘도 시작이구나…"

효리는 조용히 침대에서 일어나 주변을 둘러보았다. 방은 작지만, 각종 책과 장비들이 정리되어 있었다. 벽에는 여러 가지 우주 탐사 포스터가 붙어 있었고, 책상 위에는 조립 중인 작은 로봇 부품들이 흩어져 있었다. 머리 위 홀로그램 화면에는 오늘의 일정이 떠올라 있었다.

"오늘은 특별 수업이네."

효리는 일정을 확인하며 중얼거렸다.

"일단 밥부터 먹자."

소수호 식당은 늘 아이들로 북적였다. 웃음과 대화가 뒤섞여 활기가 넘쳤다. 테이블 위에는 외계 식재료로 만든 음식이 가득했다. 신기한 향이 나는 수프, 묘하게 반짝이는 젤리 단백질, 그리고 알록달록한 열매들.

효리는 소란스러운 식당 한쪽에 앉아 있는 리안을 발견하고 다가가 옆에 앉았다. 리안은 평소 말이 적었지만, 깊고 신비로운 눈빛을 지니고 있었다. 그 눈빛이 효리의 호기심을 자극했다.

"리안, 오늘 수업 얘기 들었어?"

효리가 웃으며 묻자, 리안도 미소를 지었다. 리안의 짙은 갈색 머리카락이 조명에 반짝였다.

"응, 행성 탐사… 이 시간을 기다렸어."

리안이 눈빛을 빛냈다.

첫 번째 목적지, 알페라는 끝없이 이어진 푸른 바다로 둘러싸인 행성이었다. 마치 지구의 원시 바다를 연상케 하는 신비로운 풍경이었다. 아이들은 조별로 나뉘어 알페라의 생태계를 탐사하는 과제를 맡았다. 효리는 세 명과 팀을 이루게 되었다. 수학 천재인 민호, 생물학에 밝은 아라, 그리고 리안이 함께였다.

"오늘은 해양 생물 표본을 채집할 거야. 물속으로 들어가야 하니까 다들 준비됐지?"

채연 선생님은 준비된 장비를 살펴보며 말했다. 아이들의 눈은 호기심으로 가득 차 있었다.

"난 물속에서 헤엄치는 건 자신 있어. 이곳에서 몇 종의 생물을 볼 수 있을까?"

민호는 태블릿을 만지작거리며 말했다. 화면에는 알페라의 생물 데이터가 빼곡히 들어 있었다. 그는 이미 공부를 끝낸 듯 보였다.

오후, 아이들은 탐사복을 착용하고 작은 탐사선에 몸을 실었다. 탐사선은 알페라의 얇은 대기를 가르며 곧장 바닷속으로 진입했다. 창밖 풍경은 순식간에 짙푸른 수중 세계로 바뀌었다. 거대한 산호초 숲이 빛을 내며 뻗어 있었고, 청록빛 전류가 흐르는 생명체들이 그 사이를 헤엄치고 있었다.

"여긴 정말 아름다워."

효리는 창밖을 바라보며 속삭였다. 반짝이는 작은 생물들이 물겹 위를 오르내렸다. 투명한 해파리 같은 존재들은 빛을 발하며 유영하고 있었다.

아이들은 얕은 바다에 정착했고, 물속으로 들어갔다. 효리는 물속에서 부유하는 기분을 만끽하며 주변을 둘러봤다. 알페라 바닷속은 생각보다 더 신비로웠다. 빛을 내뿜는 산호초 사이로 알 수 없는 생명체들이 헤엄쳤지만, 위협적이진 않았다.
"저기 좀 봐!"
민호가 손가락으로 가리켰다. 나무껍질 같은 비늘에 초록 잎새를 지닌 생물이 산호 사이를 헤엄치고 있었다.
"완전히 새로운 종이야. 이런 구조는 처음 봐."
아라는 흥분하며 서둘러 장비를 꺼내 기록하기 시작했다. 민호와 아라는 열중해 생물 기록에 몰두했다. 그 모습을 보고 있던 리안이 조용히 물살을 가르며 반대쪽으로 빠르게 헤엄쳐 갔다. 효리는 리안의 돌발행동에 당황했지만, 다른 선택이 없다는 듯 그의 뒤를 쫓았다.
"리안, 어디 가는 거야?"
효리가 무전기로 물었다. 리안은 뒤돌아 효리를 바라보기만 할 뿐 아무 말도 하지 않았다. 그러곤 주위를 살피며 더 깊은 곳으로 헤엄쳐 가고 있었다. 어둠이 짙어질수록 효리의 불안도 커졌다.

마침내 리안이 멈춰 선 곳에서 효리는 숨을 삼켰다. 바위 틈새 사이에 인공 구조물 같은 거대한 유적이 모습을 드러내고 있었다. 가까워질수록 구조물의 정교한 형태에 감탄이 절로 나왔다.

"이건… 뭐지?"

유난히 반짝이는 무언가가 눈에 들어왔다. 효리가 손을 뻗는 순간, 리안이 세차게 밀쳐 냈다.

"조심해! 뒤로 가!"

리안의 외침과 동시에 바닥이 요동쳤다. 그의 손목에서 작은 장치가 나타나더니, 유적에 접촉하는 순간 사방으로 강렬한 빛줄기가 터져 나왔다. 눈이 멀 정도로 강렬한 빛이 사라지자, 해저는 미세한 진동으로 가득 찼다. 잠든 듯 고요하던 바다가 마치 새 생명을 얻은 듯 요동치고 있었다. 효리는 거친 숨을 몰아쉬었다.

"리안, 이게 뭐야? 방금 뭘 한 거야?"

효리가 그의 어깨를 붙잡으며 물었다. 리안은 눈을 감았다가 천천히 입을 열었다.

"이건 고대 알페라 문명의 유적이야. 그들이 남긴 기술… 중요한 비밀을 품고 있어."

리안의 목소리는 차분했지만, 그 안에 담긴 무게감에 효리는 당황했다.

"고대 문명? 비밀? 그런 게 존재한다고?"

수천 년 전 멸종된 고대 문명의 흔적이 이토록 살아 움직이다니 효리는 믿기 어려웠다.

"유랑학교가 단순한 교육 기관이라고 생각했어? 겉으로 내세운 명분일 뿐이야. 사실은 잃어버린 문명의 기술을 찾기 위해 만들어진 조직이지. 지도부도 모두 그걸 알고 있어."

효리는 충격에 휩싸인 채 물었다.

"무슨 말이야? 그럼, 너도?"

리안은 잠시 효리를 바라보다가, 고개를 저었다.

"아니. 난 오히려 그걸 막으려는 거야. 이 힘이 얼마나 위험한지 알기 때문에."

리안의 눈빛에는 흔들림이 없었다. 효리는 혼란스러웠다. 학교가 내세운 것은 '아이들에게 우주를 배우고 탐험할 기회를 준다'는 약속이었다.

"그러면 이 유적이 그렇게 중요한 거야?"

효리가 물었다.

"이 유적은 단순한 잔해가 아니야. 열쇠야. 고대 문명이 남긴 기술을 풀어낼 열쇠. 학교는 '리커다트'라는 열쇠들을 모으고 있어. 그 힘이 완전히 열리면… 감당할 수 없는 일이 벌어질 거야."

리안의 목소리에는 이제 확신이 서려 있었다. 효리는 몸이 떨렸다.

"하지만 왜 네가 그걸 막으려고 하는 거야? 학교에 따르면 우리도 강한 힘을 얻을 수 있는 거잖아."

효리는 리안을 쏘아보며 물었다. 리안은 낮게 한숨을 내쉬었다.

"리커다트는 원래 아이들을 위한 힘이었어. 스스로 선택하고, 잠재력을 깨우도록 돕는 도구였어."

"그런데… 학교 지도부는 그걸 다르게 쓰려는 거야?"

리안은 고개를 끄덕였다. 그의 눈빛에 슬픔이라는 그림자가 어렸다.

"맞아. 우수한 아이들은 이용당하면서 살아남겠지. 하지만 그렇지 못한 아이들은 버려질 거야."

효리는 천천히 고개를 끄덕였다. 모든 것이 명확하지는 않았지만, 리안이 거짓을 말하는 것 같지는 않았다.

"하지만, 우리가 막을 수는 없잖아. 우리가 뭘 할 수 있겠어?"

"열쇠를 봉인해야 해. 학교가 더는 이 기술을 추적하지 못하도록."

리안과 효리는 서둘러 탐사팀으로 돌아갔다. 두 사람은 약속이라도 한 듯, 방금 본 유적에 대해선 누구에게도 말하지 않았다.

"우리가 이걸 감당할 수 있을까? 난 너무 두려워."

효리가 작은 목소리로 묻자, 리안은 굳은 얼굴로 답했다.

"아니, 우리만으로 힘들 거야. 학교 지도부에 대항하는 사람들이 있을 거야. 그들을 찾을 수만 있다면 함께 힘을 모을 수 있어."

주변의 알페라 생명체들은 여전히 평화롭게 빛을 내며 헤엄치고 있었다.

- 그림자 속의 동맹

알페라를 떠난 뒤에도 효리와 리안은 겉으로는 다른 학생들처럼 생활을 이어갔다. 하지만 이제는 교사들의 눈빛과 말투가 다르게 보였다. 학생들을 가르치고 이끌어 주는 듯했지만, 그 이면에 감춰진 계산과 의도를 효리와 리안은 느낄 수 있었다.

"우린 어떻게 이들을 피해 다른 동맹을 찾을 수 있을까?"

효리가 작은 목소리로 물었다.

두 사람은 밤이면 사람들의 발길이 끊긴 어두운 복도에서 비밀리에 만났다.

"아직 누가 같은 생각을 하는지 알 수 없어. 우선은 잘 관찰해야 해. 분명 우리처럼 진실을 아는 이들이 있을 거야."

리안은 주위를 살피며 낮게 대답했다. 효리는 리안의 말을 곱씹으며, 교사들과 학생들을 더 유심히 관찰했다. 특히 채연 선생님에게서 다른 분위기가 감지됐다. 수업은 능숙했지만, 가끔 홀로그램 화면에 떠 있는 과거 기록을 오래 바라보다가, 한숨을 내쉴 때가 있었다. 아이들을 대할 때의 다정한 태도 뒤에 깔린 걱정 가득한 눈빛이 효리의 마음에 남았다.

며칠 뒤, 효리는 우연히 채연과 단둘이 마주쳤다. 그냥 지나칠 수도 있었지만, 품었던 질문을 꺼내기로 용기를 냈다.

"선생님, 만약 도서관에서 아무도 읽지 못하는 책을 발견했는데, 그 책에 세상을 바꿀 힘이 담겨 있다면… 어떻게 하실 거예요?"

채연은 놀란 듯 효리를 바라보다가 차분히 되물었다.

"세상을 어떻게 바꾼다는 거니?"

효리는 숨을 고르며 말했다.

"…그 책을 읽으면 모두를 지킬 수도 있지만, 욕심 많은 누군가가 쓰면 세상이 무너질 수도 있어요."

짧은 침묵 끝에 채연은 손끝으로 관자놀이를 눌렀다.

"…그렇다면 숨겨야겠지. 그런 힘은 누구에게도 쉽게 맡길 수 없어."

효리는 확신했다.

채연에게 리안과 알페라에서 겪은 일을 간략히 털어놓았다. 채연은 말없이 듣다가, 끝내 천천히 고개를 끄덕였다.

"네가 그걸 알게 됐다니… 이제 너도 그들과 싸워야겠구나."

효리의 심장이 세차게 뛰었다.

"그럼, 선생님도 우리와 뜻을 모으시는 거죠?"

효리가 조심스럽게 물었다. 채연은 한참을 침묵하다 낮은 목소리로 답했다.

"그래. 나도 학교의 목적에 반대하고 있어. 지도부는 우주 곳곳에 흩어진 고대 문명의 기술을 모아 권력을 얻으려는 거야."

효리는 안도감에 고개를 끄덕였다. 이제 혼자가 아니었다.

"나도 함께할 사람을 찾고 있었어. 그런데 네가 먼저 다가오다니… 놀랍구나."

채연은 작게 미소 지으며, 말을 이었다.

"다음 목적지는 칼리아 행성이야. 고대 유적이 많이 남아 있는 곳이지. 그곳에서 지도부는 반드시 무언가를 얻으려 들 거야."

효리는 새로운 동맹을 얻었지만, 이번에는 단순히 숨기는 것만으로 끝나지 않을 것 같았다.

– 칼리아의 유적

며칠 뒤, 소수호는 붉은 사막의 칼리아 행성 궤도에 진입했다. 끝없이 펼쳐진 황량한 대지 위로 거대한 건축물들이 세월을 버티며 서 있었다. 수만 년 전 이곳에 고도로 발달한 문명이 존재했음을 보여 주는 증거였다.

아이들은 평소처럼 탐사 활동에 나섰지만, 효리와 리안, 채연은 다른 계획을 세워 두고 있었다. 그들은 학교 탐사팀과 떨어져 진짜 고대 유적을 찾아야 했다. 사막을 걷던 리안은 채연이 은밀하게 건네준 특수 장비를 꺼냈다. 고대 기술의 흔적을 감지하는 장치였다.

"여기서 멀지 않아. 신호가 잡히고 있어."

리안이 장비를 확인하며 말했다. 효리는 긴장된 표정으로 주변을 살폈다.

그때 뒤에서 목소리가 날카롭게 울렸다.

"이봐, 너희들 거기서 뭐 하고 있지?"

학교의 보안 교사들이 다가오고 있었다. 리안은 곧장 효리를 끌어당기며 외쳤다.

"도망쳐!"

모래바람이 시야를 가렸지만, 두 사람은 거친 숨을 내쉬며 사막을 달렸다.

그들의 뒤를 쫓는 보안 교사들의 발소리가 점점 가까워지고 있었다. 효리의 가슴은 터질 듯 요동쳤다.

"우린 어디로 가야 해?"

효리가 헐떡이며 물었다.

"저쪽으로. 유적 안으로."

리안이 앞을 가리켰다. 저 멀리, 모래에 반쯤 묻힌 거대한 피라미드형 구조물이 아스라이 보였다. 수만 년의 시간을 견딘 채 여전히 사막 위에 버티고 서 있었다.

두 사람은 지친 몸을 이끌고 달렸다.

유적 안은 오래된 공기와 낯선 냄새로 가득했다. 벽면에는 수수께끼 같은 문자들이 새겨져 있었고, 천장에는 고대 문명이 남긴 복잡한 기계 장치들이 멈춘 채로 있었다.

"이제 어떻게 하지? 이곳에 우리가 찾던 게 있는 거야?"

효리가 숨을 고르며 물었다.

"그럴 가능성이 높아. 이곳은 고대 문명이 남긴 핵심 장소 중 하나야. 서두르자."

효리는 리안의 말에 심장이 더 빨리 뛰기 시작했다.

깊숙한 곳으로 들어가자, 두 사람은 밝은 빛이 요동치는 방에 도착했다. 그 방은 거대한 기계 구조물로 이루어져 있었고, 중심부에는 수정처럼 투명한 구체가 떠 있었다. 수많은 별이 흩뿌려진 듯 무수한 빛의 조각이 회전하며 공간을 흔들었다.

효리는 강한 에너지가 온몸을 휘감는 것을 느꼈다.

"이게 바로 리커다트야."

리안은 구체를 바라보며 말했다.

"이 힘으로 지도부는 아이들을 조종하려 했던 거야."

효리의 손에 땀이 배어 나왔다.

"우리가 이걸 어떻게 막아야 해?"

"완전히 파괴할 순 없어. 그러면 더 큰 재앙이 올 수도 있어. 일단 봉인해서 지도부가 손대지 못하게 막는 거야."

효리는 고개를 끄덕였다. 두 사람은 채연이 건네준 장비를 꺼내 구체에 접속했다. 유적이 크게 울리며 빛이 요동쳤다. 그때, 문이 벌컥 열리며 도엽과 보안 교사들이 들이닥쳤다.

"멈춰라! 너희는 우리 계획을 방해할 수 없어!"

리안은 효리를 향해 단호하게 외쳤다.

"효리, 넌 계속 봉인해. 내가 시간을 끌 테니까."

"하지만 너 혼자서…"

효리가 떨리는 목소리를 내자, 리안이 짧게 웃었다.

"괜찮아. 우린 반드시 막아야 해. 넌 네 역할을 다해."

리안은 무기를 움켜쥐고 보안팀을 향해 뛰었다. 효리는 손에 땀을 쥔 채 봉인 장치를 붙잡았다. 구체의 빛이 점차 희미해졌다. 그 순간, 무서운 기세로 다가오는 이가 있었다. 도엽이었다.

"너희 따위가 감히 역사의 흐름을 거스를 수 있을 것 같아?"

도엽의 눈빛은 광기에 차 있었다. 효리는 구체에 손을 뻗어 품에 안았다. 구체의 빛이 빠르게 줄어드는 듯했다. 도엽은 이를 보고 분노에 찬 외침을 터뜨렸다.

"안 돼!"

도엽이 효리에게 달려들려 했지만, 리안이 앞을 가로막았다. 리커다트는 빛을 잃고 서서히 바닥으로 가라앉았다. 효리는 숨을 몰아쉬며 리안을 돌아봤다.

"우린… 해냈어."

리안은 피식 웃으며 안도의 숨을 내쉬었다.

"정말 그렇게 믿니?"

유적 입구에서 차갑고 낯선 목소리가 울렸다.

효리가 고개를 들자, 채연이 서 있었다. 얼굴은 무표정했고, 눈빛은 비어 있었다.

"이 봉인은 오래가지 않아. 곧 힘은 우리 손으로 돌아올 거야."

채연은 주문을 읊조리듯 말을 내뱉었다. 효리의 얼굴이 하얗게 질렸다.

"선생님… 우리 편이시잖아요! 왜 그러세요?"

효리의 목소리는 떨렸다. 채연은 최면에 걸린 듯 아무런 반응도 보이지 않았다. 틈을 노리던 보안 교사들이 순식간에 아이들을 포위했다.

"아이들을 생포해라."

도엽의 목소리가 냉혹하게 울렸다. 효리는 무언가에 무겁게 짓눌렸다. 숨조차 제대로 쉴 수 없었다. 리안도 버티려 애썼지만, 무릎을 꿇고 말았다.

- 반복된 하루

부드러운 진동과 함께 우주선 내부에 아침을 알리는 조명이 켜졌다. 효리는 조용히 눈을 떴다. 눈앞에 펼쳐진 방 안은 익숙한 모습으로 가득했다. 하얗고 푸른 벽, 미세하게 떠 있는 공기 중 미립자, 그리고 창밖의 별빛까지. 모든 게 평온하고 조용했다. 그녀는 천천히 몸을 일으켰다. 벽면에 설치된 홀로그램 알림판이 켜지며 부드러운 음성이 흘러나왔다.

[효리님, 오늘은 문명사 특강과 알페라 탐사 실습입니다. 좋은 하루 되세요.]

효리는 창가로 다가가 이마를 유리에 댔다. 유리창의 서늘한 감촉이 그대로 전해졌다.
'시작이구나…'
책상 위에는 정리되지 않은 노트와 홀로그램 태블릿, 그리고 미완성된 로봇 조립 부품들이 널브러져 있었다. 부품 더미 속에서 효리는 평소 일기만 쓰던 구형 태블릿을 찾아냈다. 오늘의 일정을 확인했다.

[10:00 - 고대 문명 연구 수업]
[14:00 - 칼리아 생태 탐사 실습보고서 제출]
"알페라 탐사인데, 일기엔 칼리아 탐사 실습서 제출로 오늘 일정을 적어 놨네."
이상했다. 자신이 기록해 둔 일정과 학교가 제공한 일정이 서로 맞지 않았다. 효리는 고개를 갸웃하며 머리를 대충 쓸어 넘기고, 식당으로 향했다.

학교 식당은 유리 돔으로 둘러싸여 있었고, 창밖으로는 알페라

행성이 내려다보였다. 푸른빛의 바다 같은 지표면 위로 거대한 산호 구조물이 불규칙하게 솟아 있었다. 스크린에서는 늘 그렇듯 학교 홍보 영상이 흘러나왔다.

[유랑학교는 오늘도 미래의 우주 인재를 양성합니다. 우주는 당신의 교실입니다.]

테이블마다 다양한 외계 식재료로 만든 음식이 놓여 있었다. 향이 강한 스프, 묘한 빛을 띠는 단백질 젤리, 알록달록한 열매들이 학생들의 식판 위를 채웠다. 효리는 식당 한쪽에 앉아 있는 리안을 발견하고 곧장 옆자리에 앉았다. 리안은 흑갈색 머리를 손으로 쓸어 넘기며 음식만 멍하니 젓고 있었다.
"리안! 오늘 수업 얘기 들었어?"
효리가 먼저 웃으며 말을 걸자, 리안이 피식 웃으며 고개를 끄덕였다.
"어, 들었어. 알페라에 이어 다음엔 칼리아 탐사라던데."
"그런데 뭔가 이상해."
효리는 수저를 만지작거리다 고민스러운 표정을 지었다.
"뭐가?"
리안이 젓가락을 툭 내려놓으며 의아하다는 듯 효리를 바라봤다.
효리는 그와 눈을 마주쳤다. 순간, 알 수 없는 기시감이 스쳤다.

마치… 전에, 어딘가에서 이미 이 눈빛을 마주한 적이 있는 것처럼.
"아니야. 내가 예민했나 봐."

수업이 이어졌다. 채연은 특유의 유쾌한 농담으로 아이들을 웃게 했고, 지영은 음악 수업에서 학생들과 함께 리듬을 맞췄다. 도엽은 조선시대 사상을 주제로 한 AR 강의를 매끄럽게 진행했다. 수업이 끝난 뒤, 효리는 홀로 도서관을 찾았다. 홀로그램 책장에서 읽을 자료를 불러왔다. 이상하게 원하는 자료가 아닌 화면만 펼쳐졌다. 오류인가 싶어 로그오프를 하려던 순간, 활자가 빛을 내며 흔들리더니 완성된 한 문장이 불쑥 튀어나왔다.

'책이 세상을 바꿀 힘을 품고 있다면…'

흔한 문구였다. 그러나 효리는 숨이 막히듯 굳어 버렸다. 이 문장은 분명 자신이 누군가와 나눈 대화였다. 하지만 언제, 누구와 나눴는지 기억나지 않았다. 머릿속이 하얘졌다. 홀로그램은 곧 사라졌다. 그와 동시에, 도서관 저편에서 느릿한 발소리가 들렸고, 그림자 하나가 스쳐 지나갔다. 효리는 주저 없이 그림자를 뒤쫓았다.

- 숨겨진 회의
소수호의 복도는 적막했다. 발소리를 죽인 누군가의 걸음이 희미하게 이어졌다. 효리는 슬리퍼 발끝을 바닥에 살짝 붙이며 뒤를 따랐다. 복도를 가로지르는 그림자는 강우 선생님이었다. 평소보다 훨씬 긴장한 표정으로 걸음을 옮기고 있었다. 복도의 끝, '교직원 회의실'이라 적힌 문이 자동으로 열렸다가 곧 닫혔다. 학생들의 출입이 철저히 금지된 구역이었다. 그러나 강우가 들어가는 모습을 본 효리는 주저하지 않았다. 회의실 옆 벽면의 배관 통로로 몸을 구겨 넣어 환기구 속으로 기어들어 갔다. 차가운 금속 벽이 팔꿈치를 스쳤다. 기계음이 잔잔히 울리는 어두운 환기통 안에서 효리는 숨을 죽이고 아래를 내려다보았다.

둥근 테이블에 앉은 이들은 도엽, 지영, 강우, 그리고 채연이었다. 그들은 각자의 홀로그램으로 고대 문명의 유적 영상과 데이터를 띄워 놓고 있었다.

"리커다트가 반응을 보였습니다."

도엽이 먼저 입을 열었다.

"리안과 효리가 우리보다 먼저 접촉했어요. 봉인 상태로 들어갔지만, 아직 열쇠는 살아 있어요."

지영은 입꼬리를 올리며 차갑게 말을 보탰다.

"이제 확실히 해야지. 아이들의 기억을 전부 초기화하고, 리안도 제거해야 해. 우리 계획을 방해하는 건 두고 볼 수 없으니까."

도엽이 고개를 돌려 채연을 바라봤다. 시선에는 노골적인 비난이 담겨 있었다.

"네가 그들에게 동맹 이야기를 흘리고, 기술을 넘길 뻔했어."

채연이 고개를 들었다. 그러나 그 목소리는 기계처럼 건조했고, 눈빛은 텅 비어 있었다.

"실수였습니다. 다시는 그런 일 없을 겁니다."

지영이 팔짱을 낀 채 비웃듯 말했다.

"봐, 최면 명령이 잘 먹혔잖아. 이렇게 충성심이 확실하면 걱정할 필요 없지."

효리는 숨이 막히는 듯 온몸이 굳었다. 그녀가 아는 채연의 모습이 아니었다. 아이들에게 다정하던 눈빛도, 따뜻하게 웃던 얼굴도 사라지고 없었다. 그 자리에 남은 것은 생기 없는 얼굴과 딱딱한 음성뿐이었다. 마치 누군가의 의지에 조종당하는 꼭두각시 같았다. 사람이 사람에게 조정당할 수 있다는 사실에 효리의 등골이 서늘해졌다.

도엽의 눈빛이 차갑게 번뜩였다.

"처음부터 이 학교의 목적은 교육 따위가 아니었어. 지구의 감시망을 벗어나 외부에서 고대 문명의 기술을 수집하고, 새로운 질서를 세우는 것. 아이들은 그저 그 열쇠에 접근하기 위한 수단일 뿐이지."

지영은 손짓으로 홀로그램을 넘기며 거들었다.

"우주의 유물들은 단순한 과거의 잔재가 아니야. 행성 간 이동, 시간 왜곡, 기억 조작… 이 모든 게 가능해진다고. 우리가 이 힘을 손에 넣는 순간, 지구의 미래는 우리 거야."

도엽이 다시 입을 열었다.

"효리가 가장 먼저 접촉했다. 이상 반응도 없었어."

"지금 아무것도 기억 못 하게 해 놨으니, 그 아이 안에 깃든 파장을 복구하면… 우리가 원하는 것을 얻을 수 있어."

효리는 차가운 전율에 몸을 떨었다. 자신마저 도구로 쓰이고 있다는 사실이 가슴을 짓눌렀다. 힘이 빠져나가듯 몸이 흔들렸고, 발끝에서 슬리퍼가 스르륵 미끄러졌다. 슬리퍼가 금속 바닥에 스쳤다.

"누구야?"

지영이 벽을 쾅- 내리쳤다. 잠시 정적이 흘렀다. 효리는 식은땀을 흘리며 급히 몸을 뒤로 뺐다. 환기구를 빠져나오자 차가운 복도의 공기가 폐로 스며들었다. 어디로 가야 할지 아무 생각도 떠오르지 않았다.

"효리, 이쪽으로."

낮고 단단한 목소리가 등을 파고들었다. 돌아보니 강우가 서 있었다. 그는 효리를 재빨리 실험실로 이끌었다. 닫히는 문틈에서 하얀 실험복 자락이 흔들렸다.

"몸은 괜찮니?"

강우는 낮은 목소리로 물었다. 효리는 뒷걸음질쳤다.

"선생님… 아까… 도엽, 지영 선생님이랑, 그리고… 채연 선생님까지…"

강우의 표정이 굳었다.

"겉으로는 그들과 함께 있어야 해. 그렇지 않으면 너희를 지킬 수 없어."

효리는 여전히 경계했지만, 강우는 의자에 효리를 앉히며 똑바로 바라봤다.

"효리, 네가 도서관에서 본 문장 있지? '책이 세상을 바꿀 힘을 품고 있다면…'"

"그걸… 어떻게 아세요?"

강우의 눈빛이 깊어졌다.

"그건 네가 채연에게 직접 했던 말이야."

효리는 머리를 감싸 쥐었다.

"채연은 네 편이었어. 하지만 지금은 최면에 묶여 있어. 너처럼 그녀의 기억도 지워졌지."

효리의 손이 떨렸다. 머릿속 어딘가에서 억눌려 있던 기억의 장막이 갈라지기 시작했다.

- 깨어나는 기억들

평소와 다름없었다. 복도는 조용했고, 스크린은 제시간에 켜졌다. 그러나 효리는 마치 얇은 얼음 위를 걷는 것 같았다. 잊힌 기억의 파편이 조각처럼 되살아났다. 리안, 알페라의 해저, 붉은 사막, 그리고 채연의 흔들리는 눈빛…. 흐릿했던 퍼즐 조각이 제자리를 찾듯, 모든 것이 맞춰지는 느낌이었다.

강우는 피곤한 얼굴로 조심스레 웃으며 효리를 맞았다.
"거의 돌아왔구나, 효리야."
그는 여느 때처럼 하얀 실험복 차림이었지만, 눈가의 짙은 그림자와 흐트러진 머리칼이 그동안의 고단함을 말해 주고 있었다. 금속 책상 위엔 반쯤 조립된 분석 장비가 흩어져 있었고, 홀로그램에 떠 있는 고대 언어 자료들이 깜빡이며 잔잔히 빛났다.
"아이들의 기억을 되찾을 수 있어요?"
효리가 조심스레 물었다.
"가능해. 하지만 시간이 많지 않아. 지도부에서 우리가 뭘 하고 있는지 감지한 것 같거든."
강우의 손가락이 키보드를 빠르게 두드렸다. 암호화된 학생 데이터가 줄지어 흘러나왔고, 그 위로 분석 그래프가 겹쳤다. 스크린에는 아이들의 이름과 얼굴이 하나씩 떠올랐다. 리안, 민호, 아라… 그리고 채연까지.
"이 기억 코드들을 보면 억제된 정보가 있어. 학교 시스템이 덮어씌운 흔적이지. 나는 그걸 복원하려 했어."
"저도 도울 수 있나요?"

"물론이지."

그러나 대화는 오래 이어지지 못했다. 갑자기 실험실 조명이 번쩍이며 꺼졌다. 붉은 경고등이 공간을 물들였고, 경보음이 울려 퍼졌다.

[경고. 보안 구역 침입 감지. 실험실 출입 제한.]

강우는 재빨리 데이터를 백업하며, 손에 쥔 금속 장치 하나를 효리에게 건넸다.

"이건 네 기억 복원에 쓰인 기기야. 다른 아이들에게도 사용할 수 있어. 무조건 지켜."

"선생님은요?"

"나는 여길 지켜야 해. 시간을 벌어야 하니까."

효리는 황급히 벽 쪽 비밀 문을 열고 몸을 숨겼다. 강우는 마지막 순간 효리를 향해 고개를 끄덕였다. 그의 입술이 조용히 움직였다.

'아이들을 부탁해.'

문이 닫히고, 효리는 더 이상 그가 어떻게 되었는지 볼 수 없었다.

소수호의 복도에 아침 조명이 희미하게 켜졌다. 효리는 침대에서 몸을 일으켜, 강우가 남긴 장치를 꺼내 들었다. 작고 투명한 장치에는 고대 문양과 낯선 데이터 코드가 빼곡히 새겨져 있었다. 효리는 장치를 손에 꼭 쥔 채 리안의 방으로 향했다. 리안은 이미 깨어 창가에 걸터앉아 검은 우주를 바라보고 있었다. 눈빛은 깊고 서늘했다.

"준비됐어?"

효리가 조심스레 물었다.

"응."

리안은 고개를 끄덕이며 일어났다.

"이제 시작하자."

두 사람은 기억 복원 장치를 다른 친구들에게도 사용했다. 가장 먼저 민호가 장치를 받아들였다. 이마에 닿는 순간, 그의 눈이 크게 흔들렸다.

"나, 기억나… 칼리아에서 봤던 그 구체… 꿈이 아니었어."

민호의 목소리는 떨렸지만, 곧 단단해졌다. 이어 아라에게 장치를 갖다 대었다. 아라는 손에 쥐고 있던 표본 채집기를 떨어뜨릴 뻔하며 효리를 똑바로 보았다.

"붉은 사막 속의 기계 심장… 다 지워졌던 거야?"

조각난 거울이 맞춰지듯, 아이들의 눈빛이 하나둘 바뀌어 갔다. 기억을 되찾은 아이들은 학교 곳곳에서 서로를 알아보았다. 말하지 않아도 알 수 있었다. 무엇을 보았고, 무엇을 잃어버렸는지.

리안은 밤이 깊어지자, 아이들을 불렀다. 낡은 실습실 뒤편 창고, 일곱 명의 아이가 모였다. 조각난 기억들이 하나씩 흘러나왔다.

"이건 단순한 학교가 아니야."

"우릴 이용한 거였어."

"지금도… 누군가는 우리 머릿속을 들여다보고 있어."

효리는 숨을 고르며 말했다.

"이제 선택해야 해. 기억을 지킬지, 아니면 잊힌 채 살아갈지."

리안의 목소리가 뒤를 이었다.

"우리가 싸우지 않으면, 또 다른 아이들이 똑같이 당할 거야."

불빛조차 꺼진 창고 안, 아이들은 서로의 눈을 바라보았다. 어둠 속에서 누구 하나 물러서지 않았다.

- 붉게 물든 경고등

소수호의 야간 조명이 하나둘 꺼져 갈 무렵, 실험실 아래 숨겨진 격납고 구역은 여전히 낮은 진동 속에 깨어 있었다. 강우의 육체가 보관된 '코어 캡슐'은 무채색 금속관 안에서 규칙적인 신호음을 내며 희미하게 빛나고 있었다.

효리는 복도 끝 보안문 앞에 서 있었다. 손에 쥔 디지털 키는 차갑게 식어 있었고, 손바닥에서는 땀이 흘러내렸다. 옆에서 리안이 말없이 보조 패널을 조작했다. 그의 눈동자는 이전보다 깊고 어두웠다.

"준비됐어?"

리안의 물음에, 효리는 작게 고개를 끄덕였다.

삐—.

문이 열렸다. 안쪽은 공기조차 고여 있는 듯 적막했다. 벽면에는 유기체 같은 배선이 뻗어 있었고, 중앙에는 투명한 캡슐 하나가 고요히 떠 있었다. 그 안에, 강우 선생님의 실루엣이 보였다. 눈을 감은 채 떠 있는 모습은 마치 긴 잠에 빠진 사람 같았다.

"저게… 진짜 강우 선생님이야?"

민호의 목소리가 뒤에서 울렸다. 언제부터였는지, 민호와 아라도 도착해 있었다.

"의식은 디지털로 저장돼 있었고, 육체는 이곳에 보존되어 있었어."

리안이 낮게 설명했다.

"다만… 긴급 백업용이라 에너지가 충분하지 않아."

효리는 주머니에서 장치를 꺼냈다. 그 안엔 의식을 복원할 수 있는 프로토콜이 담겨 있었다. 손이 떨렸다. 실패한다면 다시는 그를 볼 수 없을지도 모른다.

"강우 선생님… 돌아와 주세요."

짧은 기계음이 울리고, 곧 캡슐 주변의 공기가 진동하기 시작했다. 금속 바닥이 낮게 울렸고, 벽면의 전등이 깜박이며 푸른빛을 띠었다.

캡슐 안의 강우가 서서히 손가락을 움직였다.

"흐- 음"

마치 오랜 잠에서 깨어난 첫 숨처럼, 미세한 소리가 공간을 가르며 흘렀다.

"강우 선생님!"

아이들이 뛰어들 듯 다가갔다.

강우는 천천히 몸을 일으켰다. 산소마스크를 떼자 거친 숨이 실험실을 울렸다. 여전히 눈 밑에는 짙은 그림자가 드리워져 있었지만, 그가 깨어났다는 사실만으로 아이들의 얼굴에 빛이 돌았다.

"너무 늦지 않아서… 다행이에요."

강우를 보자, 리안은 안도하듯 외쳤다.

"기억은 돌아오셨어요?"

아라가 조심스레 물었다. 강우는 고개를 끄덕였다.

"그래. 다 기억나. 하지만, 이 몸으론 오래 버티지 못한다."

강우는 잠시 숨을 고르고 덧붙였다.

"그리고 채연… 그녀는 기억 복원 장치를 받아들였지만, 아무 반응이 없었어. 아마 억제된 코드가 너무 깊이 파고든 탓일 거다."

짧은 침묵이 흘렀다. 강우는 차분히 아이들을 둘러보았다. 흐트러짐 없는 눈빛으로 아이들을 향해 말했다.

"남은 건 이제 너희뿐이야. 맞설 시간이다. 준비됐니?"

아이들은 일제히 대답했다.

"네, 선생님. 이젠 우리 차례예요."

어둠이 깔린 소수호의 거대한 복도는 붉은 경고등으로 물들었다. 멀리서 울리는 사이렌 소리가 점점 가까워지고 있었다. 민호는 학교의 보안 시스템을 해킹해 지도부의 행적과 기술 수집 기록을 복원했다. 아라는 실험실에서 고대 기술에 대한 자료를 정리했고, 리안은 마지막 리커다트—고대 문명의 코드 조각—를 손에 넣었다. 효리는 모두의 기억을 잇는 사람으로서, 그 기록을 세상에 내보낼 준비를 마쳤다.

메인 게이트가 열리자, 도엽과 지영, 채연이 모습을 드러냈다.
"너희가 뭘 할 수 있을 것 같지?"
도엽의 목소리는 칼날처럼 날카로웠다.
"아니요. 우린 할 수 있어요."
리안이 앞으로 나섰다. 민호의 손끝이 태블릿 위에서 최종 명령어를 두드렸다. 순간, 메인시스템이 요동치며 모든 스크린이 번쩍였다. 지도부의 비밀회의, 고대 기술 실험, 기억 조작 장면들이 실시간으로 우주 방송망에 송출되었다.
"멈춰! 지금 당장!"
채연이 손을 뻗었지만, 영상은 멈추지 않았다. 화면 속에는 채연이 무표정한 얼굴로 아이들의 기억을 봉인하던 장면이 그대로 흘러나왔다. 그녀의 손이 허공에서 떨렸다. 최면의 명령과 잃어버린 기억 사이에서 균열이 벌어지고 있었다. 지영은 이를 악물고 제어 장치를 가동시켰다. 그러나 손에 쥔 패널은 먹통이었다.

"도엽, 플랜 B로 넘어가!"

지영이 도엽을 향해 소리쳤다. 그러나 소집한 보안 로봇들은 하나둘 전원이 꺼지며 그들 앞에 쓰러졌다. 복도의 붉은 경고등이 푸른빛으로 뒤집혔다. 강우가 남긴 백업 코드가 작동한 것이다. 도엽이 무언가 말하려다, 우주 방송망에 송출된 자신의 음성이 귀에 꽂히자 입을 닫아 버렸다.

"아이들은 도구일 뿐이다."

차가운 그의 목소리가 전 은하계에 울려 퍼지고 있었다. 순간, 도엽의 얼굴이 하얗게 질렸다.

"끝났어. 소수호의 명분은 무너졌어."

도엽은 두 손을 들며 뒷걸음질쳤다. 지영은 분노와 당혹을 삼키며 그를 노려봤다. 채연은 무너지는 눈빛으로 아이들을 바라보았다. 모든 걸 체념한 지도부는 탈출선으로 도망치려 했지만, 지구 감시 기관의 순찰선들이 소수호를 이미 포위한 상태였다.

- 유랑의 끝, 새로운 시작

소수호의 관제실. 차가운 조정석, 반쯤 꺼진 패널, 그리고 유리

벽 너머로 깜빡이는 별빛이 어우러졌다.

"곧 지구로 돌아갈 수 있어."

리안의 목소리가 등 뒤에서 들려왔다. 효리는 고개를 돌리지 않고, 낮게 말했다.

"모두 잘 돌아갈 수 있을까? 아무 일 없었던 것처럼?"

리안은 곁에 서서 대답했다.

"아무 일 없었다고는 못 하지. 하지만 우린… 분명 바꿔 냈잖아."

아이들은 지구 귀환을 준비했다. 아이들은 짐을 챙기며 서로의 얼굴을 바라보았다. 민호는 분해된 실험 기기를 품에 안았고, 아라는 빼곡히 적힌 수첩을 끌어안았다. 효리는 마지막으로 강우 선생님의 데이터를 바라보았다. 그의 몸은 이미 캡슐 속에서 멈춰 있었지만, 시스템에 남겨진 의식의 파형이 희미하게 빛나고 있었다. 그것은 마치 "잘했다"라고 속삭이는 듯했다. 효리는 고개를 천천히 끄덕였다.

모두 지구 귀환선으로 옮겨 타자, '우주 유랑학교, 소수호'는 별빛이 흩어지듯 푸른 궤적을 남기며 사라졌다.

지구 귀환선 안, 아이들은 창밖으로 다가오는 푸른 행성을 지켜보았다. 누구도 쉽게 작별을 입에 올리지는 못했다.

"다음엔… 우리가 만들자."

효리가 침묵을 깼다.

"진짜 학교를."

민호는 웃었고, 아라는 고개를 끄덕였다. 리안은 천천히 효리의 손을 잡았다. 창밖 어둠 속에서 별 하나가 고요히 반짝였다.

작가의 말

이지현

〈유랑학교〉는 '배우는 일의 주인은 누구인가?'라는 질문에서 출발했어요. 효리와 친구들은 스스로 선택하고 기억하려 애씁니다. 때론 어른들의 계획이 정답처럼 보이지만, 정답은 아이들 안에서 자라나요. 두려워도 질문하고, 모르면 함께 찾아보고, 틀리면 다시 시작하면 됩니다. 자신의 속도와 목소리를 믿어 주세요. 이 이야기가 다음 한 걸음을 내딛는 용기가 되면 좋겠습니다.

우주는 멀리 있지만, 사실 가장 먼 여행은 '내가 누군지 알아가는 길'이더라고요. 효리가 잃어버린 기억을 되찾듯, 우리도 매일 스스로 의미를 복원해요. 성적표가 설명하지 못하는 장점, 실수 끝에서 발견한 단단함, 친구와 나눈 연대가 그 열쇠입니다. 마지막 장을 덮은 뒤, 오늘의 작은 선택 하나를 바꿔 보세요—한 문장 더 읽기, 한 사람 더 챙기기, 한 번 더 물어보기. 그 작은 '리커다트'가 여러분의 우주를 밝힐 거예요.